などらきの首

澤村伊智

角川ホラー文庫
21246

目次

ゴカイノカイ

一

午後二時。ガランとして蒸し暑い、五十平米の貸事務所。その真ん中で私は呆然《ぼうぜん》と立ち尽くしていた。映像制作会社「有限会社デジタルフューチャー研究所」が先週ここを引き払ったことは聞いていたが、実際目にすると改めてショックを受けた。そして不安が広がる。

今回は三ヶ月だった。入居してから出て行くまで、たったの三ヶ月。

前回の編集プロダクションは半年だった。その前の弁護士事務所は一年と少し。

「困ったなあ」

そんな声が自分の口から漏れていた。ベランダの窓から外を見ていた瀬川《せがわ》が振り向き、殊更に渋い顔を作って、

「困りましたねえ」

と、芝居がかった口調で答えた。管理を任せている「あいらぶ不動産」の社員。手にはノートパソコンを抱えている。

荻窪《おぎくぼ》駅から徒歩十分。環状八号線沿いの雑居ビル「UMビル」は、所有している中で

は悪くない物件だった。いや、今も悪くないはずだ。車の音が多少気になるものの、日当たりはいいいし動線も問題ない。近所に墓地があるわけでも、暴力団事務所があるわけでもない。つまりこの近所にいわゆる「心理的瑕疵《かし》」はない。

現に一階から四階までの貸事務所は全て埋まっているし、いずれも十年近く同じ顔ぶれだ。近隣トラブルも聞いていない。

なのにこの五階だけがここ最近、入居者に短い期間で解約されている。当然、この貸事務所にも「心理的瑕疵」はなかった。過去に事件や事故で人が死んだり、自殺したりといったことは一切ない。

よくいう事故物件ではないわけだ。にもかかわらず――

「今は聞こえませんね」

瀬川が言った。室内を見回しながら、「どっちかというと窓際で、玄関はほとんどない、って話じゃなかったかなあ、確か」

ノートパソコンを開く。片手で重そうに抱え、もう片方の手でキーを叩《たた》く。姿勢は不自然で危なっかしい。座ればいいのに、と思っていると、

「ああ、ですね」

ディスプレイに視線を落としたまま返事をした。

私はつい先日、瀬川とともに研究所の所長と会った時のことを思い出していた。禿《は》げ上がった小柄な五十男である彼は、喫茶店のテーブル席で俯《うつむ》きながら、

「聞こえるんです、子供の声で……『痛い、痛い』って。それで、自分まで」

かすかな声で言って腹をさすった。今にも泣き出しそうな彼を前に、私は何も言えなかった。

この貸事務所では、夜になると子供の声がするらしい。

そして声を聞いているうちに——自分まで痛みを感じるようになる。

弁護士事務所の代表弁護士は「事故物件ではないか」と執拗《しつよう》に訊《き》いてきた。

編プロの社長は「聞いてるだけで気が滅入《めい》る。仕事にならない」とげっそりした顔で言った。そしてこうも言っていた。「そのうち俺まで痛くなってきたんだ、腹とか背中とか、太股《ふともも》とか」

顔をしかめ足を引きずって喫茶店を後にする彼の様子は、演技には見えなかった。

腹をさすりながら駅に消える研究所の所長も、芝居でやっているとは思えなかった。

子供の声。そして痛み。

「何とかしないとなあ」

瀬川の声で私は我に返った。彼は額を指で掻《か》きながら、

「変な噂が立つ前に対策しないと、借り手がつかなくなります。ネットに広まったらアウトかも」

と言った。環状八号線からクラクションの音が聞こえる。

「分かってるよ」

私は腕を組んだ。そう答えはしたものの、いったい何をしろというのか。オーナーとしてやれることはやったはずだ。リフォームは研究所が入る前にしたばかりだ。その時に壁の裏や床の下も確認したが、気になるものはなかった。

怪しげなお札や市松《いちまつ》人形、長い髪の毛の束。訳の分からないことが書きなぐられた手紙。そうしたものが発見されれば「これだったのか」と思える。お祓《はら》いなり供養なりの「対策」もできる。

（お前は何をやっても駄目だろうけどな）

親父の声と痩《や》せ細った顔、ベッドでの寝姿が頭に浮かび、私は大急ぎでそれらを追い払った。そしてこう考える。駄目ではない。決して無理なんかでは。

「瀬川くん」

ノートパソコンを閉じた彼に呼びかけると、

「親父だったらこういう時、どうするかな」

私はそう訊いた。急死した親父から土地と物件を相続しただけで、何のノウハウも受け継いでいない。そう告白するようなものだ。だが背に腹はかえられない。三つ持っているビルのうちの、たった一部屋で困り果てている場合ではない。

「そうですねえ」

整えられた眉《まゆ》が下がる。憐《あわ》れむような侮るような目が私を見る。素人を見る目だ。或《ある》いは若造を。年はほぼ同じ四十手前なのに。私は黙って彼の言葉を待った。

「梅本《うめもと》さんの時はそもそもこういうのなかったんですよねえ。だから直接参考にはならないっていうか」

口調が砕けたものに変わっていた。自分も梅本だ、と言いたくなるのを堪《こら》える。

「でも、もし梅本さんだったら、一番効きそうなことをやるでしょうね。どんなに胡散《うさん》臭かろうが、金がかかろうが。そこは惜しまない」

瀬川は天井を見上げながら続ける。

「その辺の神社の神主呼んでお祓いしてお終《しま》い、ってことはしないと思います。徹底的にやる」

「というと?」

苛立《いらだ》ちが出ないように訊く。

「こういうことって何やかんやで結構あるんですよ、この業界。長いこと働いてると受け入れざるを得ない。霊だの、人知の及ばないモノだの、そういう前提に立ってそのための対処をしたら、解決することがある。それらの対処を商売にしている人もいる。中には『こいつに任せとけば安心だ』って人も」

瀬川は大真面目な顔で、

「梅本さんなら依頼するでしょうね――〝鎮め屋さん〟に」

と言った。外からまたクラクションの音が聞こえた。

二

〝鎮め屋〟との連絡は全て瀬川に任せることになった。自分がやる、と言ったところ、「こういうのは所定の手続きを踏む必要があるので。あの人は特に厳しいらしい。しろ……失礼、僕にお任せください」

玄関の鍵《かぎ》を閉めながら、彼は作り笑顔で言った。

UMビル五階に〝鎮め屋〟が来ることになったのは、十日後のことだった。

午後四時四十五分。JR荻窪駅を出てビルに向かう間、私はこれまでのことを考えていた。不動産業界は験担ぎや縁といったことに気を遣う世界だと知ってはいた。子供の頃、親父の口から聞いたような記憶もある。だが実際にわが身に降りかかるとは思ってもみなかった。

路地を歩き環状八号線を目指す。

瀬川の言う〝鎮め屋〟は、この手の問題を独自の方法で解決する男性だという。祈禱《きとう》師とも除霊師とも名乗らないのは、「祈らないし見えないし感じないから」らしい。しかし対処法は分かる。だから商売にしている。

「でもね」

日程の連絡をしてきた瀬川は、電話口で声を潜め、

「〝潰《つぶ》し屋〟なんて呼ぶ人もいるんですよ、業界には。理由は分かりませんけど」と言った。

UMビル前に着いた。焦げ茶色の外壁を見上げていると、「こんにちは」と明るいダミ声がした。長い髪を後ろで結んだ、肥満体の大男が笑みを向ける。派手なアロハシャツが張り裂けんばかりだった。

四階のデザイン事務所「ドラゴンフィッシュ」の代表・桜庭《さくらば》だった。見た目は怪しいが人当たりはよく、顔を合わせればいつもこうして声をかけてくれる。

挨拶《あいさつ》を返すと、彼は「そうだそうだ」とさらに顔を綻《ほころ》ばせて、

「今度の更新も普通にするつもりなんで、よろしくお願いします」

と丁寧に頭を下げた。すぐ隣でもごもごと「お願いします……」とか細い声がして、私は桜庭の隣に隠れるようにして佇《たたず》んでいる青年に気付いた。ぼさぼさの髪に青い顔。黒縁の眼鏡は曇っている。ドラゴンフィッシュのスタッフだ。名前はたしか――

「こら松島《まつしま》、しっかり挨拶しろよお」

冗談めかした口調で桜庭は松島青年の頭をポンとはたく。彼は細い身体を縮めて「よ、よろしくお願いします」とお辞儀した。

狭いエレベーターに乗っている間、桜庭は仕事のこと、近くで見かけた猫のことなどを早口で楽しげに話していた。私は相槌《あいづち》を打つのが精一杯だったが、彼の話は単純に面白く、暗い気持ちはいくばくか晴れていた。

松島は操作盤のボタンの前で窮屈そうに愛想笑いを浮かべていた。

四階に着くと桜庭は「じゃあ今後とも何卒《なにとぞ》」と朗らかに言って降りて行った。松島が目礼してその後を追う。ドアが閉まり、静寂を感じたところで緊張が身体に走る。不安が膨らんでいく。

五階。エレベーターを降りてすぐのドアにはストッパーが嚙ませてあった。ひゃはは、と奇妙な笑い声が漏れ聞こえる。既に到着しているらしい。瀬川と〝鎮め屋〟が。

玄関には見覚えのある履き古した革靴があった。その隣には下駄《げた》が並んでいた。

「こちら〝鎮め屋〟の――」

「どうも、権藤《ごんどう》っす。よろしく」

瀬川の紹介を待たずに権藤は手を差し出した。紺色の甚平を着た、丸いサングラスに髭面《ひげづら》の男だった。唇から大きな前歯が覗《のぞ》いている。思ったより若い。三十過ぎくらいだろうか。

挨拶を済ませると、権藤は伸びた丸刈りをばりばりと掻いて、

「梅本のおっさんには一回会ったことあるよ、だいぶ前だけど。御愁傷さまです」

と言った。こちらが返事をする前に、

「いい人だったね。こういう仕事やってると舐《な》めてかかってくるヤツもいるわけ。詐欺師扱いっていうかさ。でもおっさんは違ってた。敬意がある、なんて言い方したら偉そうだけど」

ひゃは、と笑い声を上げる。

「そん時は『何かあったら是非お願いします』って言ってたけど、ホントに何かあるなんてねえ」

「すみません、是非お力をお借りしたく」

何とか言葉を挟むと、権藤は「はいはい」と部屋を見回した。

「ちょっと待ってね。大体が窓側だっけ？」

「はい」

瀬川が答えた。権藤は鼻歌を歌いながらベランダに出た。すぐに戻ると室内のあちこちを見て回る。狭いキッチンも、トイレも。

トイレのドアが閉まったところで、私は瀬川に耳打ちした。

「大丈夫なのか？」

「いや、僕も正直ビックリしたんですけど、駅で会って。でも」

声を潜め横目でトイレの方をうかがいながら、

「病院とか、あと大企業さんとかも結構やってるみたいで。例えば……」

いくつか企業名を挙げた。超大手の食品メーカー、映画会社、テレビ局。

「それでよくうちなんか」

「そりゃあ梅本さんの人徳でしょう、さっきの話だと」

瀬川はそこで黙り、さりげなく目を逸《そ》らした。私は自分の顔が引き攣《つ》っていることに気付いた。拳《こぶし》を握り締めていることにも。

トイレから出てくるなり「大も小もしてないからね。確認してただけ」とヘラヘラした顔で言うと、権藤は腕時計を見た。子供が着けるような、安っぽい黒のスポーツウォッチだった。

チッと舌打ちすると、彼は部屋の隅に置かれたキャリーバッグの前にしゃがみ込んだ。何やら中身を調べている。黙って眺めていると、

「『いる』って言っちゃうのはどうかと思うんだよね」

こちらに背を向けたまま権藤が言った。

「と仰《おつしや》いますと？」

瀬川が仕事用の笑みを浮かべて返す。

「ほらよく言うじゃん、こういうことがあるとさ、死んだ人の霊が『いる』とか何とか。そもそもの話だと、土地には神様が『いる』とか。みんなそんな風に考える。そこからもう勘違いしてんだよ。いるなら出て行ってもらおう、無理なら成仏させよう、それも無理なら大人しくしてもらおう、って対処法になる。当然ぜんぶ間違ってるわけ」

権藤はこちらに視線を向けた。サングラスの脇からまん丸な目が覗いていた。

「正しくはこうさ――この場にいると、人間は調子が悪くなる」

私は何も答えられずにいた。そのままだ。起こっていることを単に口にしただけ。

権藤がニヤリと歯を剝《む》いた。

「人間がここにいると変調をきたす。ここ借りてたヤツの話を素直にまとめるとそうなる。子供の声が聞こえるとか身体が痛くなるとか、細かいのを省略すると」

「ですね」

「そう考えるのが一番シンプルなわけだ」

権藤は腰を浮かすと、

「ここだけに限らない。こういうの全般がそう。あくまで場所と人間の問題だ。場が人間にどう影響するかってだけの話。なのに霊とか神様とか、余計な概念を持ち込むからややこしいことになる。勘違いする。間違う。そして解決できない」

こちらを向く。手には濁った灰色の液体が入った、二リットルのペットボトルを持っていた。

「化学反応ってあるじゃん」彼はボトルをじゃぼじゃぼと振りながら、「あれと一緒なんだよね、こういうのは。燃焼で喩《たと》えるのが一番分かりやすいかな。酸素と物質との化学反応。物質を焼き尽くしたら火は消えるでしょ。酸素がなくなっても火は消える。つまり」私のもとに歩み寄ると、

「この場の酸素がなくなるまで燃やし続ければいい。この場にいても何も起こらなくなるまで、人間を変調させ続ければいい――分かる？」

わざとらしく首を傾げた。得体の知れない凄《すご》みに圧倒されながらも、私はうなずいた。彼の言っていることがそれなりに腑《ふ》に落ちたからだ。霊や土地神を持ち出すより説得力

を感じる。と同時に疑問も湧く。

燃やし続ける、変調させ続けるとは具体的にどういうことか。

玄関ドアがキイと鳴った。誰かが入って来る気配がする。

「届いたよ、『ロウソク』が」

権藤はニヤリと笑うと、嬉《うれ》しそうに言った。

三

現れたのはスキンヘッドの大男と、茶色い髪をした色白の若者だった。若者は十七、八歳くらいだろうか、幼い顔には、できたばかりと思《おぼ》しき痣《あざ》と擦り傷があった。

「ご苦労さん。逃げようとしたの？　こいつ」

権藤が訊《き》くと、大男は「はいっ」と妙にかしこまった口調で答えた。

「ふうん。そうなんだ」

わざとらしく何度もうなずくと、権藤は若者に顔を近付ける。若者は今にも泣きそうな顔でうなだれた。首を肩にめり込ませる。伸びたTシャツのそこかしこに飛んでいるのは、血の染みだろうか。

若者ははたで見て分かるほど震えていた。

「身長は？」

権藤がニヤニヤしながら訊いた。「あと体重も」と続ける。若者は視線を床に向けたまま、

「……百六十七です。体重は、ちょっと」

「ああそう」

ふふん、と楽しげに鼻を鳴らし、権藤は大男に視線を向けた。「はいっ」と硬い返事をして大男はキャリーバッグへと駆け寄る。中から引っ張り出したのは小ぶりの体重計だった。

何が行われるのかまるで見えてこない。

「ここは五十平米？」

唐突に質問されて私は戸惑った。権藤のサングラスを見返して、「そうです」と答える。

若者がいつの間にか体重計に乗っていた。体重計を挟んだ向かいで大男が睨《にら》み付け、「動くなっつってんだろ」と低い声で言い聞かせている。若者は目を固く閉じて、体重計の上で固まっていた。

「五十八です」

大男が言うと、権藤は「ふうむ」と天井を見上げた。ぽりぽりと顎鬚《あごひげ》を掻《か》く。

「よし、じゃあ明後日《あさって》の夜十時半に来て」

権藤が高らかに言った。自分に言われたと気付くのに数秒かかった。

「ええと、つまり」

「やっとくから。その頃には終わってる。確認には立ち会ってもらうけど」

そんな段取りだったのか。そう思ったところで瀬川が「いや、そういう話は全然」

「聞いてないって？　そりゃそうだ、言ってないし」

権藤は不敵な笑みを浮かべる。

「一般の方には見せられないんでね。あ、ドア閉めてって」

サングラスの奥で丸い目が自分を睨み付けていた。

瀬川とともに退出し、ドアを閉める。エレベーターで下りてビルの外に出る。私たちは無言のままだった。ビルを見上げると、五階の窓が暗くなった。

「ロウソク、焼き尽くす……」

瀬川が怯《おび》えたような口調で、「潰《つぶ》し屋って、要はあの男の子を……」

「いや、まさか」

私はそう答えた。口では否定してみせたものの、内心ではほとんど確信していた。

若者は生贄《いけにえ》にされる。いわゆる怪奇現象の犠牲になる。そして――潰されるのだ。

恐怖の表情を浮かべ震え上がっていた若者を思い浮かべていた。

これでいいのだ、これで五階は元通りだ。帰り道で何回も自分に言い聞かせたが、沈んだ気持ちは一向に晴れなかった。

指定された日時に、ＵＭビル五階を訪れるまでずっと。

駅で待ち合わせた瀬川は「どんなことになってるんでしょうね」と言った。心配そうな様子だったが、どこか楽しんでいるようにも見えた。

　エレベーターで昇り、ドアを開ける。中に入ると「よお」と声が聞こえた。

　中央にキャンプ用のランタンが灯《とも》る薄暗い部屋。その隅で権藤が壁にもたれながら携帯をいじっていた。大男も若者もいない。

「あの子は……」思わずそう訊くと、

「帰ったよ」携帯から顔を上げずに、「俺と入れ違いに」と呟《つぶや》いた。

　彼の服装が変わっていることに気付いた。今日の甚平は茶色だ。

　私の表情に気付いたのだろう。権藤はサングラスをずり下げると、

「あのガキ一人で五十二時間、ここにいさせたわけ。いろいろ準備してね。こないだの喩えで言えば、長く燃やすための仕込みっていうかさ」

　キャリーバッグの傍らに空のペットボトルが転がっていた。

「それで、結果は」私が訊くと、彼はくくと忍び笑いを漏らして、

「完全に燃え尽きてたよ」

　と可笑《おか》しそうに言った。壁から背を離し、キャリーバッグの前に屈《かが》んで体重計を引っ張り出すと、

「まだ記録残ってるかな……うん、三十五キロになってた。ま、あれだけ水分が出ればそうなるわな」

　と、こちらを見上げる。

私と瀬川は顔を見合わせた。権藤は何の重さか明言していないのに、つい想像してしまう。たった二晩で、二十三キロも――

「見た目の話もする？　肌とか、あと歯とか目とか」

権藤がニヤニヤしながら訊いてくるのを「いえ、結構です」と返し、

「これからその、立ち会いで確認するんですよね」と話題をかえる。

「そう」権藤は立ち上がると、「梅本のお坊ちゃんと瀬川のニイちゃんはそうだな、日付が変わるくらいまでいて。俺は朝までいる。そんで」

コーラの入ったペットボトルを手にした。

「何もなかったらこれを置いて帰る。三日経ったらここで開けて飲んでみて。ただのコーラの味がしたら一件落着。この場は人間に何の影響も及ぼさなくなったってこと」

「それ、普通のコーラなんですよね？」

瀬川が訊く。

「ああ」権藤はししし と歯を鳴らすと、「もちろん未開栓。もし上手《うま》くいってなかったら別の味がするから。どんな味がするかはその時その時――」

「ちょっ」

声を上げたのは瀬川だった。きょろきょろと部屋を見回すと、片方の耳に手を当てて、

「え？　え？　マジで？」

と泣きそうな顔で言う。権藤が「あ？」と険しい顔で訊いた。

「てめぇ人が喋《しゃべ》ってる最中に……」

そこで言葉を切る。表情がみるみるうちに弛《ゆる》み、あんぐりと口を開ける。瀬川と目を合わせて、

「聞こえてんのか？」

愕然《がくぜん》とした顔で言う。瀬川は何度も小刻みにうなずいた。

まさか。そう思った瞬間、

〈……痛い……〉

声がした。男の子らしきか細い声が。泣いて呻《うめ》いているような声が。

〈……痛い……痛いよぉ……〉

ランタンの光の中、三人で顔を見合わせたところで、

「うぐっ」

瀬川が身体を折ってその場にうずくまった。腹を押さえて丸くなる。

「痛っ」

次に倒れたのは権藤だった。右の太股《ふともも》を押さえて床に転がる。

〈痛い、痛い、痛い、痛い……〉

声が繰り返す。じわり、と脇腹に違和感が走った。あっと声を上げたのと同時に、凄《すさ》まじい痛みが脇腹を襲った。

殴られた、蹴《け》られた、棒か何かで叩《たた》かれた。そんな痛みだった。

「あううう」

自分でも情けなくなるような声を漏らして、私は床に崩れ落ちた。

四

床に転がっている二人を夢中で引きずって、どうにか事務所から抜け出した。エレベーターで一階まで下りる。何とか立ち上がれるようになった瀬川と二人で権藤を支えながらビルを出る。出入り口前の歩道に声もなく座り込んでいると、

「いてえよぉ……」

権藤の声だと気付くのにしばらくかかった。彼はアスファルトの歩道に手を突いて、ぐすぐすと子供のように泣いていた。傍らで身体を起こした瀬川が凍りついた表情でその様子を眺めていた。

脇腹の痛みはいつの間にか治まっていた。声も聞こえなくなっていた。

権藤はいつまでも泣きじゃくっていた。

どうにか落ち着いた彼を支えるようにして駅に連れて行き、解散したのは日付が変わる頃だった。瀬川から連絡が来たのはそれから三日後、今日の昼過ぎのことだ。

「関わりたくないそうです。もちろん報酬も要らないと」

彼は暗い声で言った。私は携帯を両手で握り締めて、

「……無理ってことか」

「電話したらそれだけ言ってガチャンって感じでしたよ。もうやり取りもしたくないみたいで」

自宅の居間を歩き回りながら、何と返せばいいか迷っていた。さまざまな業界で絶大な信用を得ていた権藤があっさり尻尾《しっぽ》を巻いた。瀬川も恐れているのが電話越しの声で分かる。

「他に手はないかな。有名なお祓《はら》いの人とか」

「上と相談しますよ」

瀬川はそう答え、「また連絡します」と電話を切った。何を相談するのか気付いてすぐ「あいらぶ不動産」に電話する。応対した女性社員は「瀬川は急用で外出しております、こちらから折り返し連絡差し上げます」と、わざとらしいほど申し訳なさそうな声で言った。

不味《まず》いことになっているのは明らかだった。どうすればいい。電話を切って私は居間の真ん中で突っ立っていた。

脇腹が疼《うず》いたような気がして手で確かめる。押さえても痛みは感じない。シャツを捲《まく》り上げても変わったところは見受けられない。

背後で気配を感じた。振り返っても誰もいなかった。

男の子らしき声がして思わず怯《ひる》む。家の前の道を軽快に走る足音がして、「こらー」

と女性の声が続く。単なる親子連れの通行人らしいと分かって胸を撫《な》で下ろす。家の中にいるだけで神経が張り詰めて緊張に襲われていた。

私は自宅を飛び出した。あちこちを歩き回った。所有する他のビル、目に付いた喫茶店、書店、駅、電車、騒々しいBGMが鳴り響く家電量販店。

そして今、私は最寄りの新高円寺《しんこうえんじ》駅からほど近い、行き付けの居酒屋「みのり」のカウンターに突っ伏していた。十人も入れば満席になるような、裏通りにある小さな店だった。

「梅ちゃん」

優しい声に呼ばれて顔を上げると、女将《おかみ》の美野里《みのり》がカウンター越しに、

「飲みすぎじゃない？」

と訊《き》いた。年齢不詳の端整な顔が曇っている。

「ごめん。ちょっといろいろあってね、仕事で」

朦朧《もうろう》とする頭を何とか動かして言葉を捻《ひね》り出した。それだけでこめかみが痛み顔をしかめてしまう。テーブル席の客の声が酷《ひど》く耳障りに聞こえた。

美野里は皿を拭《ふ》きながら、

「うん、聞いてた」

とうなずく。「途中よく分からないところもあったけど、大変ね」

「喋ってたの？　俺」

「そう。荻窪のビルのこととか。他のビルのこととか。あと——お父さんのこととか」

そんなことまで。美野里の心配そうな顔を見つめながら私は愕然としていた。「変な話聞かせてごめんね」

やっとのことでそう詫《わ》びると、私は再びカウンターに突っ伏した。痛む頭を押さえていると、今ここにこうしている自分が酷く惨めに思えた。

福祉の専門学校を出て介護職に就いたはいいものの、激務に耐え切れず一年足らずで退職し、その後は職を転々とした。どれも上手くいかなかった。一番長く続いたのは警備員だったか。

どうにもならなくなって実家に戻ると、親父は「こうなると思っていた」と硬い声で言った。「お前が食っていけるように大家をやっていた」とも。

親父が脳梗塞《のうこうそく》で死んだのはそのすぐ後、一昨年《おととし》のことだった。俺が戻ってくるまで待っていた、俺が心配で生きていた。そう考えるとますます惨めになった。

(お前は何をやっても駄目だろうけどな)

また親父の声がした。死の床に就いた時の、諦《あきら》め切った声が。そして実際に私は困難な状況にいる。たった一部屋のトラブルさえ解決できないでいる。

「ねえ梅ちゃん」

美野里が呼ぶ声がした。重い頭を上げるとボヤけた視界の向こうで、

「ここ電話してみたら」

彼女が小さな紙切れを差し出すのが見えた。受け取って目を凝らす。

「これは？」

「高円寺にあるデラシネっていうバーの番号」

真顔で言った。どういうことか分からない。戸惑っていると、

「そこでね、占い師みたいな人が働いてるんだって。スピリチュアル……なんだっけな。とにかくそういう人。見えないものが見えるって」

電話番号の直後の文字を指差す。

「これが名前。ヒガさんっていう女の人」

「頼めってこと？」

頭痛に耐えかね最小限の言葉で訊くと、美野里は「その方がいいと思う」と答えた。

「評判よく聞くの。お客さんとか、あと同業者からも。わたしはあんまり霊とか神様とか信じてないけど。見えるなんて言う人も胡散《うさん》臭いと思うし。でもね」

カウンターからわずかに身を乗り出すと、

「そのヒガさんって人に頼むと――丸く収まるんだって」

「え？」

「心の持ちようが変わって、上手くいくようになるんだって。カウンセラー？　みたいなこともやってるのかな。だから」

電話してみたら、と再び言った。皿を拭く手は止まっていた。真剣な目で私を見つめ

ている。

「……ありがとう」

そう答えて、私は水を頼んだ。

家に帰ってシャワーを浴び酔いが醒《さ》めてから、寝室でメモの番号にかけた。呼び出し音が続く。時刻は午後十一時。バーなら開いている時間だが、今日は休みだろうか。携帯から耳を離そうとした瞬間、

「デラシネです」

美声と呼んでいい男の声がした。名乗りながら頭の中でどう切り出せばいいのか迷う。

「もしもし?」

怪訝《けげん》な声で男が訊く。遠くで音楽が聞こえている。

「あの、そちらのヒガさんという方にご相談がありまして」

「はい」

男の声が少しだけ高くなった。

「お忙しいところすみません、お話しさせていただけないかと。荻窪の持ちビル――」

「申し訳ないです、今日は休みなんです」

本当に申し訳なさそうに男は詫びた。落胆しそうになるのを堪《こら》える。いきなり電話して繋《つな》がると考える方がおかしいのだ。折り返しを頼もうとしたところで、

「お急ぎでしたら折り返しさせますので、よろしければ番号をいただけますか」

男は丁寧に言った。慣れている。この手の電話をよく取っているのか。携帯の番号を伝えると、私は「急な用件で」と念押しした。厚かましいと分かっていたがそうせずにはいられなかった。運よく転がってきた機会だ。これを逃したら他に何も対処法は思い当たらない。

電話を切ったと同時に肩がずしりと重くなり、私はベッドにうつ伏せになった。途端に意識がフッと遠のいた。

彼方《かなた》から着信音が聞こえたような気がして、私は目を覚ました。窓の外から光が差している。枕元の時計は九時半を指していた。

床に転がっていた携帯の液晶画面には知らない番号が表示されていた。拾い上げてまじまじと見つめていると、昨夜のことに思い当たった。

一気に頭が冴《さ》えて私は大急ぎでリダイヤルした。この番号はまさか。そうであってくれれば有難いが――

「もしもし」

女性の声がした。少し舌足らずでか細い声。思わず立ち上がって「梅本と申しますが、ヒガ様でしょうか、ええと、デラシネで働いていらっしゃる」と訊く。

「はい。ヒガマコトです」

囁《ささや》くような返事があった。

心臓が高鳴るのを感じる。

「お電話出られずすみません、先ほどはご連絡ありがとうございます」

「いえ、あの、聞きました。マ、マスターから」

「ええ。是非ともご相談したいことが。お話ししても構いませんか」

躊躇《ためら》うような、迷うような息遣いの後、

「はい、どうぞ」

ヒガマコトはそう言った。布の擦れる音。歩く音が続く。

感謝の念を覚えながら私は事情を説明した。喉《のど》が渇き切って声を出すと痛みが走ったが、水を飲むのももどかしかった。

「……そうですか」

説明し終わると、彼女はそう返して「ふうん」と妙な声を漏らした。沈黙が続く。返答を促した方がいいだろうか。いや、止めておいた方がいいかもしれない。話しぶりも反応も普通だが、考えてみれば普通であることの方がおかしいのだ。持ちビルの一室に奇妙なことが起こるから何とかしてほしい、などと相談されて「そうですか」と答える方が。

ヒガマコトは自分と違う世界の住人なのだ。

「分かりました」

彼女はきっぱりと言った。

「明日《あした》……いや、今日はどうですか。今日の夜八時、そのビルで」

私は返答に窮した。ここまで協力的だとは想像もしていなかった。報酬の話もまだしていない。

「いやあの、まだ報酬の話も」私は頭に浮かんだ言葉をそのまま口にしてしまう。

「いいです、要らない」

彼女はさっきよりさらにきっぱりと、

「姉ちゃんくらいやんないと無理」

よく分からないことを言った。

五

午後七時五十分。ビルの前に立っていると、見覚えのある青年がやって来た。四階、ドラゴンフィッシュの松島だ。手には膨らんだレジ袋を提げていた。

「やあ」

声をかけると、彼はちらりと一瞬だけ目を合わせて、「お疲れ様です」と答えた。私の側を通り過ぎてすぐ、ぴたりと足を止める。

「……上で」蚊の鳴くような声で松島は、「何かあったんですか」と訊《き》いた。

「いや全然」

私はなるべく平静を装って、「どうして？」と訊き返す。彼は足元を見つめたまま、

「入れ替わりが激しいから」

と答えた。不審に思われている。私は慌てて、

「偶然だよ。それぞれ借主さんの事情があって」

彼の顔を見ていると言うべき言葉が浮かんだ。

「トラブルじゃない。例えば下が——松島くんたちがうるさいとかは全然」

作り笑いを浮かべながら言うと、彼はまた私に一瞬目を向けて、

「そうなんですね」

と無感情に言った。失礼します、とビルの中に消える。奥でエレベーターの扉が開く音を聞いていると、向こうから一人の女性が歩いてくるのが見えた。

小さな身体が街灯に照らされる。ボサボサの金髪。黒いTシャツに青いスキニージーンズ。荷物は何も持っていない。

違うな、と思っていると、女性はまっすぐ私に近付いた。大きな目で見上げると、

「梅本さんですか」

彼女はそう訊いた。私は「えっ」と思わず声を上げる。

「あの、ヒガマコトさん……？」

「はい」

答えると、彼女は「はじめまして」と一礼した。想像とはまるで違った容姿に私は面食らい、言葉を失った。ほっそりした顔にはまだ幼さが残っている。二十歳過ぎぐらい

だろうか。目の下にはくっきりと隈《くま》ができていた。

「このビルですよね」

マコトはそう言うと出入り口に目を向けた。「そうです」と答えると、

「ふうん」

上階を見上げ、何度かゆっくりと瞬《まばた》きすると、

「いますね、凄《すご》いのが」

当たり前のように口にした。そのままてすたすたと中へ入る。慌てて後を追おうとして私は気付いた。このまま五階の部屋に向かうのは危険だ。

「危ないです、お話ししましたとおりあの部屋には」

「大丈夫です」

エレベーターの前で振り返ると、マコトは金髪をかき上げて、

「わたしなら止められます。〝五階の怪〟を。可哀想な霊を」

と言った。

五階の部屋の鍵《かぎ》を開けると、彼女は壁のスイッチを押した。何もない部屋が明るくなる。電力会社には事前に連絡しておいた。靴を脱いでそろそろと中に入り、様子をうかがう。私は彼女の後に続いた。無意識に体勢を低くし、彼女の背中に隠れるような格好になっていた。

「離れてください」

冷たい声で言われて私は後ずさった。みっともなさが込み上げる。マコトは黙って私を見つめていたが、やがて、

「今……聞こえました」

と、窓の方を向いた。私は身構える。先日の記憶が呼び覚まされる。あの悲しげな、辛《つら》そうな声が耳に届くのを覚悟する。

何も聞こえない。マコトの素足が床を擦る音、自分の心音以外は少しも聞こえない。自分にはまだ届いていないのか。

「そうね、痛いね」

マコトが呼びかけるように言った。ゆっくりと部屋を歩き回る。虚空に向かって「うん」「そうだね」と相槌《あいづち》を打つ。

私は固唾《かたず》を呑《の》んで彼女を見守っていた。

マコトが窓を背に足を止めた。こちらを見つめると、

「分かりました――この子は」

右手で宙を撫《な》でるような仕草をすると、

「ここで死んだ子です。何年か前に、誰かが産んですぐ殺した」

淡々と言う。視線で背後の窓を示すと、

「そしてベランダに捨て置かれた。クーラーボックスか何かに隠して。引き払う時に死体は持ってったか捨てるかしたんでしょうけど、魂はまだそこにいます。外から窓に張

り付いてる」

「……そんな」

にわかには信じられなかった。どこかで聞いたような話だ。それに目を凝らしても窓の向こうはただ夜景しか見えない。

「辛かったんでしょう」

マコトは唇を嚙《か》む。

「お父さんにもお母さんにも祝福してもらえず、法律的にも生まれたことになってない。誰からも何からも認めてもらえないまま、外に放っておかれて」

悲しげに顔を歪《ゆが》めて、「可哀想」と囁《ささや》いた。

頰には涙が伝っていた。

私は無意識に足を踏み出していた。

「な、何とかなるのかな、その子」

そう問いかける。マコトの言葉を全て信じる気にはなれなかったが、彼女の涙に心を揺り動かされていた。彼女の説明に沿って質問していた。

マコトは涙を拭《ぬぐ》うとかすかにうなずき、

「祈ってあげたら、きっと」

ゆっくりと窓を振り返って、ベランダの鍵に手を掛けた。カチンと音を立てて開けると、ぴたりと動きを止めた。身体を強張《こわば》らせるのが分かった。

「あの、何か」

「……え、うそ」

マコトが声を上げた。さっきまでとはまるで違う、拍子抜けした声だった。窓から離れ両耳を手で覆う。

「ほんとに？　え？」

金髪を揺らして振り返る。目は驚きに見開かれ、唇が真っ青になっていた。何がどうなっている。訊こうとしたその時、
うっ、とマコトが身体を折った。腹を押さえてがくりと膝《ひざ》を突く。歯を食い縛って絞り出すように、

「何なのこれ……ありえない」

そう言って目を剝《む》くと、「ごぼっ」と激しく嘔吐《おうと》した。クリーム色の吐物がびちゃっと床に飛び散った。駆け寄ろうとして私はすぐさま足を止めた。

〈……痛い……よお〉

あの声が再び聞こえていた。途端に全身に悪寒が走る。

〈いたい、いたい、いた……い〉

悲鳴を上げてマコトが床に転がる。躊躇《ためら》ってはいられない。私は床を蹴《け》ると二歩で彼女の側にしゃがみ、細い胴に手を回した。

同時に背中に痛みが走った。

「痛っ」

思わずのけぞりながら私はそう叫んでいた。目に涙が浮かび視界が滲《にじ》む。何とかマコトを抱え上げ玄関の方に踏み出すと、今度は腹に鈍痛が広がった。一瞬で息が詰まる。

マコトをかばって身体を捻《ひね》り、私は肩から床に叩《たた》き付けられた。痺《しび》れるような痛みが肩の骨から全身を駆け抜ける。

〈いいい、たい……いたいいたい……いたいよ……いたいいい〉

男の子の声はさらに大きく苦しげになっていた。

何とか立ち上がろうと手を突くと吐物で滑り、今度は顔から床に落ちる。胃液と肉の匂いが鼻から喉《のど》へ伝い激しく咳《せ》き込む。

次に痛みを感じたのは太股《ふともも》の横だった。途端に脚に全く力が入らなくなる。

〈いいいいたいいいいいよおおお……〉

マコトが嗚咽《おえつ》しながら亀のように身体を丸めている。私は太股の激痛に身をよじって呻《うめ》いていた。声はますます大きく響いている。天井の明かりが酷《ひど》く眩《まぶ》しい。

親父の諦《あきら》め切った顔が頭に浮かんだ。

遠くで金属の鳴る音がした。床を振動が伝う。誰かが入って来た、と頭の隅で思った直後、

「ああ、もう」

女性の声がした。苛立《いらだ》ち、怒り、呆《あき》れの入り混じった口調。

どんっ、と激しく床が鳴った。

瞬間、痛みが引いた。顔と肩以外、自分でぶつけた箇所以外はきれいさっぱり消え失せていた。声も聞こえなくなっていた。

何がどうなっているのか理解も推測もできず、私はその場にだらりと寝そべった。顔を動かすと、二本の足が床を踏みしめているのが見えた。黒い靴下を履いている。ジーンズも黒い。足の大きさからすると女性らしい。さっきの声の主か。

誰だ。

私はがばりと身体を起こした。

長い金髪の小柄な女性が険しい顔で私を見下ろしていた。どこか南国風の顔立ち。強さをたたえた大きな目。白いTシャツには何やら英字が書き殴られている。

「まこと、ちゃん……」

かすれた声でマコトが言った。横たわったまま呆然《ぼうぜん》と女性を見上げている。言葉の意味に気付いて「え？」と私の口から声が漏れる。

女性はふう、と溜息《ためいき》を吐いて、

「比嘉《ひが》真琴《まこと》です」

と言った。

六

「何でこんなことするかなあ」

窓の反対側の壁際で、真琴は呆れながら言った。

マコトを名乗っていた女性はすぐ向かいで正座して、

「……ごめんなさい」

と洟《はな》を啜る。声色も態度もここへ来た時とは完全に変わっていた。

私は痛む肩を押さえながら二人を眺めていた。どうやら誤解があったらしい。真琴の説明を聞いて何とか状況は理解していたが、感情がまだ追い付かない。

後から入って来た女性こそ、私が相談しようとした比嘉真琴その人だった。彼女だと思い込んでいた女性は浅尾奈々《あさおなな》。デラシネによく来る客で、真琴と親しくしているという。

私が店に電話をかけた昨夜、二人は家で飲んでいた。朝になって奈々が目を覚ますと、真琴の携帯にショートメールが届いていた。出来心でメールを開き、マスターからの伝言と私の連絡先を知った奈々は、ふと思い立って私に電話した。目覚めた私は折り返し、奈々が電話を取った。そして話の流れで氏素性を偽り、怪現象の解決を請け負った。

真琴は夕方まで寝ていたという。起きて店に出る準備をしている時にマスターからのメールに気付き、そこで嫌な予感がして家を飛び出した。私に電話したがつながらず、マスターに問い合わせて私の伝言を知り、「荻窪の持ちビル」という言葉を頼りに、勘だけで迷わずここへ着いたらしい。

「あのね奈々ちゃん」

奈々の前にしゃがみ込むと、真琴は、

「嘘は吐いちゃ駄目だよ。わたしに来た話を勝手に引き受けるのも駄目。あと頭に浮かんだことを何でもレイのせいにするのも」

子供に言い聞かせるように言う。

「わたしが来なかったらどうなってたと思う？　奈々ちゃんも、この、えっと」

「梅本です」

「この梅本さんも危なかったんだよ」

奈々は答えない。

「あとさ、いい機会だからわたしの真似も止めてくれないかな。髪もそうだし、喋《しゃべ》り方も言うことも。ねえ？」

真琴の表情が再び険しくなる。奈々はまだ何も答えない。

「奈々ちゃん」

「……だって」

奈々は全身を縮めて、「わたしも、真琴ちゃんみたいに困ってる人助けて、それで」

「感謝されたかったの？」

顔をしかめて真琴が訊《き》く。奈々はしばらく黙ってから、「凄《すご》い、立派だって思われたくて。な、何やっても駄目だから」

かすかな声で言った。

「はあ」真琴は頭を掻《か》くと、「まあ分かるけどさ。似たようなこと思ってた時期あったし」と言った。窓へと目を向ける。さっきから時折、右手の指輪を左手でいじっている。視線に気付いたのだろう。彼女は「これですか」と指輪を示すと、

「とりあえず止めてるんです。外から来てるやつを」

と言った。

「ここってあれですよね。声が聞こえたり、身体が痛くなったりするんじゃないですか」

「そ、そうです」

私は彼女の近くに屈《かが》むと、「分かるんですか」と訊いた。説明が事実なら、この部屋で起こることを彼女は知らないはずだ。知る機会は全くなかった。

「はい」

真琴はうなずくと、「来るとき外から見て。たまにあるやつだから止め方も分かった」

「たまに」

「ええ」再びうなずく。「やってる人は多いけど、実際なるのは少ない」

話がまるで見えない。それでも私には、彼女が正しく事に当たっているのは理解でき

た。現に今は声も止んでいるし痛みもない。

「何が起こってるんですか」私は彼女に身体を近づけて、「何の霊がどんな理由で」

「レイじゃないですよ、これ」

真琴は難しい顔をすると、「多分、チョウノウリョクの方が近い。それか、コ、コトダマ？　いやオマジナイかな？」

と首を捻《ひね》った。奈々が不思議そうな目で見つめている。

「それで、完全に止めるには」

私は訊いた。ついさっき彼女は「とりあえず」と言っていた。今の状況は一時的なものらしい。であればちゃんとした対処法があるはずだ。

「真琴さんに、是非ここを何とかしていただきたくて」

改めてそう頼む。真琴は少しの間考えるような素振りをした。

「とっかかりはやります。でもメインは梅本さんがやってください」

「私が？」

「そうです」

真琴は膝《ひざ》の関節を鳴らして立ち上がると、

「奈々ちゃん、片付けよっか」

と言った。奈々はぽかんとした顔で真琴を見上げていたが、やがてハッとして何度もうなずいた。

吐物をティッシュで拭《ふ》き取ってから、私と奈々は真琴に導かれるまま部屋を出て階段を下りた。四階に着くと、彼女はいきなりドアホンを押した。

しばらくするとカチンと鍵《かぎ》の開く音がして、松島がドアの隙間から顔を覗《のぞ》かせた。私に気付いて眼鏡の奥で目を見開く。

「あの、何か」

「ちょうどいいや」

真琴が唐突に呟《つぶや》いた。ドアの縁を摑《つか》むと一気に引く。

引っ張られてよろける松島に、

「いきなりすみません、病院に行ってください。できたら今すぐ」

穏やかな、それでいて毅《き》然《ぜん》とした口調で、

「あなたの飛ばした『痛いの』が、ぜんぶ五階に『飛んで来た』んですよ」

と言った。

松島の青い顔が一瞬でさらに青くなった。

七

翌々日の午後十時。ガランとした五階事務所の真ん中で、私はホーッと大きく息を吐いた。前日から泊まり込みで様子を見たが何の異常もない。声もしなければ痛みも来ない。

松島が四階にいない。それだけで何も起こらなくなることが、これで判明したのだ。床に大の字になる。伸ばした手足が散らかった弁当のパックやレジ袋、ペットボトルに当たる。開け放った窓の向こうからクラクションの音が聞こえた。

一昨日《おととい》のことを思い出していた。

真琴は「ごめんなさい」と手をかざし、松島を脇にどかせた。ずかずかと奥へ向かう。後を追うと、彼女は大きなガラス天板のデスクの前で仁王立ちになった。

デスクを挟んだ向かいの高級そうな椅子には、桜庭が唖然《あぜん》とした顔で座っていた。事務所には他に誰もいる様子はない。

真琴は「いきなりすみません」と繰り返すと、「さっきの人を殴ったり蹴《け》ったりしてるの、あなたですか」と訊いた。

桜庭の大きな丸い顔がみるみる赤黒くなった。ドアを閉めて戻ってきた松島に、「お前誰のお陰でメシ食えてると……」

震える声で言う。「はい」と答えたも同然だった。

直後にその場に崩れ落ちた松島を連れて、私と真琴と奈々は四階を出た。タクシーで近くの救急病院に向かう間、真琴は事の真相を説明した。

「〝痛いの痛いの飛んでけ〟ってありますよね。あれ、たまに本当に飛ぶんです。それで全然関係ないとこに落ちて来る」

助手席で私は「ええ?」と間抜けな声を上げていた。初老の運転手が口元を押さえる。

無理もない。単なる「おまじない」だ。誰でも知っているが誰も信じてはいない、痛がる子供に使う決まり文句。それが現実に起こるとは。

「……やっぱり、飛んでたんですね」

ぐったりした顔で松島が言った。「子供の頃を思い出して、心の中で唱えてたら、だんだん痛くなくなったから」と続ける。彼の隣で奈々が目を白黒させていた。

松島は二年近く前にドラゴンフィッシュに入社して以来、桜庭からしばしば暴力を受けていたという。温厚で人当たりがいいのは外面だけで、スタッフへの当たりは厳しく陰湿らしい。松島は腹や太股《ふともも》、背中など、服に隠れて見えないところだけを攻撃されていた。桜庭の恐怖政治のせいでスタッフの入れ替わりは激しく、現在は松島ともう一人しかいないという。

「何で辞めなかったんですか」

真琴がさりげなく訊く。松島は何度か言いよどんだ末に、

「ここで逃げたら終わりだと思って。他のとこは長く続かなかったから」

と言った。奈々は今度は目を潤ませていた。

病院で彼の診察を待つ間、真琴は奈々の話をうんうんとうなずきながら聞いていた。

私はこれまでのことを思い返していた。

立派な友人である真琴に憧《あこが》れるあまり、真琴の名を騙《かた》った奈々。

もう逃げ出したくないと「痛いの」を飛ばし続けていた松島。

仕事が長続きせず、親父のようにちゃんとしようと躍起になっていた私。

みんな同じだ。これまでの自分を恥じて変えようとして、何かの弾みでおかしなことになった。だから奈々にまるで腹は立たなかったし、松島のしたことを迷惑だとも思えなかった。

「治るまで休みます。桜庭さんにも伝えます」

病院を出る時、松島は決意のこもった声でそう言った。「すみませんでした」と頭を下げる彼に、「いや全然」と返して私は家に帰った。

昨日ここへ来る途中、エレベーターの前で鉢合わせした桜庭に、私は事の次第を語って聞かせた。彼は黙って聞いていた。

「治療費は全額出します」

話し終わると桜庭はすぐに言った。充血した目で私を見ながら、「あと、次の更新はしないことにします。梅本さんにはご迷惑をおかけしたから」

「いや」

私はごく自然に、

「こんど一回話しましょう。立ち退かせて終わりにするつもりはないので」

と言った。計算も何もせずに出た言葉だった。親父のことも頭に浮かばなかった。

桜庭は「すみません」と頭を下げた。

外で長々とクラクションが鳴り響いて我に返った。後片付けを済ませると電気を消しブレーカーを落とし、私は五階の鍵を閉めた。ビルを出るとその足で高円寺へ向かった。

バー「デラシネ」は駅からほど近い雑居ビルの四階にあった。

「飛んで来なくなりました？」

カウンターに座るなり真琴が訊《き》いた。コースターを置く。

「ええ、全く」

答えると、彼女は「よかった」と微笑した。桜庭とのやり取りを話している間、彼女は何度もうんうんと嬉《うれ》しそうにうなずいていた。

何杯かグラスを空にした頃、髭面《ひげづら》のマスターが不意に、

「そうだ真琴ちゃん、あれ梅本さんに相談したらいいいんじゃないの？」

と言った。彼女は「いやあ」と口ごもる。

「どうかしましたか」

「……あのお」

真琴は酷《ひど》く言いにくそうに、「実は一緒に住んでた友達が実家帰ることになって、年内に引っ越さないといけないんです」

上目遣いで私を見ると、

「どっか安く借りられないかなーと思って。この辺で」

「いや、オフィスビルしか持ってな……」

私はそこで思い当たる。ここからそう遠くないところにある「第二ＵＭビル」の、四

階がしばらく埋まっていない。企業が二社連続で短期間のうちに出て行ってしまったのだ。何か原因があるのだろうか。いや、あったとしても——

「真琴さん、ものは相談なんですが」

私は姿勢を正すと、「実は庚申《こうしん》通りから早稲田《わせだ》通りを越えて、ちょっと行ったところにビルを一棟持ってまして、そこがですね」

「え、まさか」

目を輝かせて真琴は身を乗り出した。

学校は死の匂い

一

市立三《み》ツ角《かど》小学校の正面玄関。四年生の靴箱の隣、傘立ての上。

壁に巨大なパネル写真が架かっている。九年前、一九八六年の運動会の、組体操を撮ったものだ。写っているのは当時の六年生。

四段のピラミッドを組んだ十人の男子児童が、歪《ゆが》んだ顔をこちらに向けている。右奥には女子のピラミッド。これも四段。日に照らされた体操着は白く、焼けた肌は黒々としている。遠くの旗に「一致団結」と書かれているのが辛うじて分かる。

深夜になると、この写真から保護者の歓声、そして児童の呻《うめ》き声がするらしい。

そんな噂の真偽を確かめるため、わたしは夜の十一時に学校に忍び込んだ。玄関の鍵《かぎ》はかかっていたけれど、乱暴に揺するとあっさり開いた。

暗闇に浮かぶ写真を眺めながら、わたしは待った。噂されている現象は起こらず、〝本物〟特有の気配は一向に漂ってこない。

大先輩たちの勇姿を見つめる。激しい苦痛、長時間の忍耐と引き換えに、十秒間かそこらの拍手と一瞬の達成感が得られる素晴らしい見世物。わたしも二学期になれば練習させられ、先生がたに怒鳴りつけられ生傷だらけになって、本番では全校生徒と保護者の皆様の前で、こんな顔を晒《さら》さなければならない。そう思うと憂鬱《ゆううつ》になった。身長一六〇センチの自分は間違いなく一番下の段だろう。考えるだけで息が詰まる。うんざりする。欠伸《あくび》が出る。

（美晴《みはる》ちゃん、美晴ちゃん！）

彼方《かなた》からの呼び声に気付いて目を開くと、ぽっちゃりした童顔の女性が涙目でわたしを見下ろしていた。両手でわたしの肩を揺すっている。

教育実習生の佐伯麻子《さえきあさこ》だった。先週木曜からわたしのクラス、六年二組に来ている。

「どうしたの美晴ちゃん！　何かあったの？」

周囲は明るくなっていた。床はひんやりと冷たく、小石が腕の肌に刺さっている。いつの間にか眠っていたらしい。

「……おはようございます」

気まずさに苦笑いを浮かべながら挨拶《あいさつ》すると、佐伯は「よかったあ」とわたしを強く抱きしめた。

三十分後。職員室の隅でわたしは先生がたからお叱りを受けていた。「学校の怪談に興味があったから」と事情を説明したせいだ。

「親御さんも心配するだろ、物騒な事件があったばっかりなんだし」

担任の天野《あまの》は地蔵のような顔に苦笑いを浮かべて言った。

地下鉄で毒ガスが撒《ま》かれて大勢が死傷したのが三ヶ月前、実行した新興宗教の教祖が逮捕されたのは先月のことだ。両親がわたしの心配をするとは思えない。でも世の中が不安に覆われているのは事実で、佐伯の慌てようも決して大袈裟《おおげさ》とは言えない。

わたしは大人しく「すみません」と十数回目のお詫《わ》びを口にした。

校長も教頭も他の先生がたも、言うことがなくなったらしく黙っていた。間もなく終わる。そう推測した直後、教頭が口を開いた。

「お姉さんはあんなにちゃんとしてるのに——」

「姉の話は止めてください」

考える前に口にしていた。二つ上の姉と比較されるのだけは耐え難かった。

馬鹿だ迂闊《うかつ》だと後悔しても後の祭りで、今度は反抗的な態度についてくどくどとお説教された。先生がたの話を聞いている振りをしながら、わたしは考えていた。

心霊めいた学校の噂——いわゆる学校の怪談はつまらない。

どれもこれも完全な作り話だ。〝本物〟に会えたりはしないのだ。

「今回も残念だったね」

古市俊介《ふるいちしゅんすけ》は真顔で答えた。数少ない友達だ。わたしが見えたり聞こえたり感じたりすることにも、それなりに理解を示してくれている。「他人の主観を否定することは誰にもできない」というのがその理由で、霊感や霊の存在を信じているわけではないという。

不満はなくもないけれど論理的ではあるし、わたしと普通に話してくれるのもありがたい。変人扱いして遠ざかる他のみんなとは違う。「同じ霊感体質だから」と妙に馴《な》れ馴れしくしてくる子とも、同じ理由で突っかかってくる子とも違う。

昼休みの教室。わたしは窓際の、古市の机に腰かけていた。彼は姿勢よく椅子に座って眼鏡を拭《ふ》いている。裸眼の彼は普段より幼く見えた。

廊下側の一番後ろ、佐伯の席の周りには今日も人だかりができていた。早々に人気者になっている。明るく元気で少しばかり幼く、同時に貫禄《かんろく》もある彼女がみんなに慕われるのは当然といえば当然だ。

「あっ佐伯先生、ここ寝癖が残ってるよ」

「ええっ本当？　やだあ」

男子の指摘に赤面し、髪を押さえる彼女。昼休みになって何度目かの爆笑が上がる。

外は雨だった。校庭には大きな水溜《みずたま》りがいくつもできていて、薄い霧さえ立ち込めている。置き傘があってよかったと僅《わず》かに安堵《あんど》しながら、わたしは落胆の溜息《ためいき》を吐いた。

「これで三戦三敗。全滅だよ。開かずの教室はただ汚いだけだし、屋上にも何もない」

「噂だと、飛び降りた女子が立ってるんだっけ？」

「そ。今が一番幸せだからって夢見がちな理由で。どうせ作り話なんだろうなあ。後はマンガか何かから引っ張ってきたっぽい怪談しか残ってない。夜中の十二時に女子トイレの鏡がどうとか、音楽室のベートーベンの肖像画がどうとか」

「検証するだけ無駄だろうね」

古市は眼鏡をかけなおした。

「今更だけどさ比嘉《ひが》さん。そんなに調べてどうするの」

「興味本位」

わたしは答えた。彼はふむ、と顎《あご》を撫《な》でて、

「見えました、聞こえました、〝本物〟でした。そしたら次は？」

「霊が困ってるなら助ける」

「それ以外だったら？　例えば恨み辛みでこの世に止《とど》まっているなら」

「説得する」

「悪意があったら？　それも説得？」

「やっつけようかな」

わたしは半笑いになっていた。

古市はぽかんとした顔でわたしを見上げていたが、やがて小さく笑って、

「比嘉さんは怖くないんだね」

「何が？」

「霊とかそういうの」

「全然。興味が勝ってるからかな」

「へえ」彼は細い目を見開いて、「僕だったら夜の校舎に入るのも無理だよ」と言った。

「何で？　ただ暗いだけだよ」

わたしは素直に言う。怖がる人がいるのは分かるし変だとも思わないけれど、自分は何とも思わない。昼だろうと夜だろうと校舎はただの建物だ。

「古市だって昼間は平気でしょ、それと一緒」

「いや」と彼はかぶりを振った。

「暗くなくても学校は怖い場所だよ」

「何で？」

「死の匂いがするから」

不意に詩的な言葉が飛び出して、わたしは面食らった。意味が摑《つか》めない。古市の顔はさっきまでと同じで冗談だとも思えない。

学校が怖いとはどういうことだ。死の匂いとは何だ。

「何言ってんの」わたしは再び半笑いになって、「学校なんか全然……」

廊下が慌ただしくなった。そう思ったらすぐ泣き声が聞こえた。

クラスの仲良し女子コンビ、白河《しらかわ》と小野《おの》が、前のドアから教室に転がり込んできた。白河は四角い顔を真っ赤にして泣いている。小野は赤ん坊をあやすように彼女に声をかけている。「もう大丈夫だよ」「怖かったねえ」「よく頑張ったね」

一昨年だったか、日本脳炎の予防注射の日も全く同じ光景を見た記憶があった。凄惨《せいさん》な反核映画を体育館で観た時も、大きな蛾が教室に迷い込んできた時も。

ぶりっ子という呼称は彼女にこそ相応《ふさわ》しい。今回は蜂にでも追いかけられたのか、それとも花壇のパンジーでも枯れたのか。

集まる女子たちに小野が何やら説明していた。耳を澄ましてもよく聞こえない。駆け寄った佐伯が声をかけたが、白河は激しく首を振った。

「ううっ、み、美晴ちゃんっ」

白河が唐突にわたしを呼んだ。下の名前で呼ぶほど仲良くないだろう、と軽い苛立《いらだ》ちを覚える。みんなが一斉にこちらに注目する。

「……なに？」

「た、助けて。怖いの。もう歩けない。立てない」

「何で？」

「いいから」と小野が怒ったような顔で言う。白河主演の悲劇にわたしも出演させられるらしい。

「美晴ちゃん」

佐伯が神妙な顔で呼んだ。「よく分からないけど、こういう時はクラスで助け合おうよ。ね？」と綺麗《きれい》事を口にする。

「適当に合わせてれば済むよ」

古市が目を合わさずに囁《ささや》いた。

机から下りると、わたしは大股《おおまた》で彼女たちのもとに向かった。

給食台のすぐ手前、蹲《うずくま》った白河の前にしゃがみ込む。彼女はボロボロと涙を零《こぼ》している。鬼瓦《おにがわら》みたいな形相をぼんやり眺めて次の展開を待っていると、

「ゆ……幽霊がね、いたの」

「へ？」予想外の言葉にわたしは間抜けな声を上げてしまう。

「体育館で遊んでたらね、後ろから、う、う」

何を言っているのか分からない。視線で小野に助けを求めると、彼女が口を開いた。

「知らない？　雨の日にだけ体育館に出るって。わたしは別に信じてないけど……確かに声がしたような気がする」

「声？」

「そう」小野がうなずいた。「何かブツブツ言ってるみたいな。誰かの名前を呼んでたっぽい。他に誰もいなかったのに」

赤い顔の白河とは対照的に、小野の顔は蒼白《そうはく》だった。

「……声くらいならするんじゃないの」

わたしは冷静に答えた。「多分すぐ外で誰かが喋《しゃべ》ってて、隙間から――」

「違う。最初はそう思ったけど絶対違う」

小野が切羽詰った様子で反論する。

「足音もしたの。声のすぐ近くでキュッキュッって。意味分かるよね？」

体育館の床板に靴が擦《こす》れる音だ。つまり外からの音では有り得ない。わたしはうなず

いて返す。

「で、足音と声が遠ざかって、消えたと思ったら……凄《すご》い音がした」

小野はぶるりと全身を震わせた。演技には見えない。白河に話を合わせているわけではないらしい。わたしはつい真剣になっていた。

「凄い音ってどんな――」

「落ちてきたのっ」

白河が駄々を捏《こ》ねるような口調で言った。

「人が落ちてきたみたいな音がしたのっ、潰《つぶ》れたみたいな音、だから助けてよ。美晴ちゃんこういうの詳しいんでしょ。見えるんでしょ。除霊とかお祓《はら》いとかお清めとかしてよっ」

両手で顔を覆って泣き喚《わめ》く。彼女の唾《つば》が頬にかかったが、げんなりしたのは数秒だけだった。

雨の日にだけ、体育館に幽霊が出る――

聞いたことがある気もする。地味だと思って斬り捨てて、そのまま忘れていたのか。白河の騒ぎようは芝居がかっていて嘘臭い。でも小野も同じ声と音を聞いたらしい。二人の人間が、同時に不可解な体験をしたわけだ。音声だけというのも真実味がある。

今度こそ〝本物〟か。

「除霊」と小野が囁いた。こんな時だけ頼りにするなんて虫のいい話だと思ったけれど、突っぱねると余計に面倒なことになるのは目に見えている。

わたしは二人とその周りをよく見てから、

「何もいないよ。気になるなら塩でも撒《ま》いたら。給食のオバちゃんに言えば貰《もら》える」

と正直に言った。彼女たちからは何も感じない。何も見えない。だから取り憑《つ》かれたりはしていない。小野の顔に緊張が走る。

しまった、と思った時にはもう遅かった。白河は赤ん坊のように大声で泣き、「ひどいよお、助けてよお」とわたしに縋《すが》り付いた。涙と鼻水と生温かい頰が耳に触れる。

全身に悪寒が走るのを感じながら、わたしは「ごめんね、悪かったね」と思ってもいないことを口にしていた。

佐伯が不安そうに「出るの？　雨の日に？」と周囲に訊《き》いていた。

二

「気にしないように」

チャイムが鳴ると同時にやってきた天野は、ことの次第を聞くなりそう言った。

「気温や湿度が急に変化すると、建物が音を立てることはよくある。床板が縮むか何かして軋《きし》んだんじゃないかな」

「でも」席に着いた小野が食い下がると、

「建物の音ってのは不思議なものでね」

天野は話し始めた。例えばマンションの七〇二号室の音が、三〇八号室で聞こえることもある。壁の向こうから呻《うめ》き声がするので調べたら、古い水道管を水が流れる音だった。とあるお寺ではこんなことが、海外のオペラハウスではあんなことが――

話自体は興味深かった。クラスのみんなも次第に聞き入って、終盤は感心する声さえ上がっていた。佐伯だけが表情を硬くしている。どうやら怖い話が苦手らしい。

わたしは違和感を覚えていた。

天野の話は仕上がっている。堂に入っている。そんな風に聞こえた。これまで何度となく同じ話をしてきたのではないか。話す機会があったのではないか。

つまり――

雨の日の体育館で、声や音を聞いた児童が過去何人もいたのではないか。

淀《よど》みなく語る天野を見ているうちに、疑念はますます膨らんだ。

放課後になってわたしはすぐ体育館に向かった。

鍵《かぎ》はかかっていなかったが誰もいなかった。がらんとした体育館の中央に立って耳を澄ます。

ごおお、とはるか上から聞こえるのは雨粒が屋根を叩《たた》く音だ。びしゃびしゃと壁の向こうから聞こえるのは、流れ落ちた雨水がコンクリートを打つ音。それ以外はなにも聞こえない。あちこちに目を凝らしてもそれらしき姿は見えない。

舞台。上がったままの緞帳《どんちょう》。キャットウォーク。バスケットゴール。倉庫の扉。消火栓。床に貼られた赤、青、白、黄色のラインテープ。舞台の左の壁には校歌が書かれた大きなパネル。右の壁、鳩が四葉のクローバーを咥《くわ》えたモザイクは大昔の卒業制作だ。

放送室の窓は光が反射していて、中は見えなかった。

五分経ったのを壁の時計で確認して、わたしは舌打ちした。

幽霊がいたとしても、そう都合よく会えるとは限らない。当たり前のことなのに苛立たしい。

体育倉庫の籠《かご》からバスケットボールを取り出し、ドリブルしながら舞台に向かって歩いていると、

「やっぱりここだったね」

背後から男子の声が響いた。

古市だった。正面の扉からこちらに歩いてくる。二つ結びでゲジゲジ眉《まゆ》の、小さな女子を連れている。女子は不敵な薄笑いを浮かべていた。

胸元の黄色い名札には「二年一組　ひが　まこと」の文字。

四つ下の妹、真琴だった。

「傘が壊れたんだって」と古市。

「友達に入れてもらえ」わたしは真琴を睨《にら》み付けた。「サクラさんとかミユちゃんとかいるだろ、シンゴくんでもいい」

「家、逆だもん」真琴は手を差し出すと、

「帰らないならミハルの傘貸して」

「は？　わたしは濡《ぬ》れて帰れって？」

真琴は無言で傍らの古市を見上げた。目が合った彼はあからさまに狼狽《ろうばい》したが、表情はどこか照れ臭そうで嬉《うれ》しそうだった。

「馬鹿じゃないの」

わたしは一番近くのゴールめがけてボールを放り投げた。白いボードに当たって跳ね返り、狙ったように手元に戻ってくる。

「ねえミハル」

「一人で帰れ。走れば濡れない」

「濡れるよ。走っても歩いてもおんなじ。知らないの？」

「うっさいな」

わたしは真琴にボールを投げるふりをした。

怯《ひる》んだのは古市だった。手で眼鏡を守っている。一方で真琴は平然としていた。それどころか口笛を吹くような顔さえしてみせる。

腹が立っていた。外できょうだいと顔を合わせるのは嫌だ。調子が狂う。それに真琴は人前だと家の何倍も生意気だ。こっちが本気で怒れない、手を出せないと高を括《くく》っているのだ。呼び捨てなのはいつものことだが、それさえ今は気に障る。

「貸してあげたらいいんじゃないかな。何だったら僕が貸してもいいよ」

古市が頭を掻《か》きながら言った。真琴がにんまりする。

今度は本当にぶつけてやろうか。最初は真琴に、次は古市に。

訳知り顔の妹はもちろん、妙な態度を取る友達にも苛立《いらだ》ちが募る。

そうだ。わたしと古市はただの友達だ。友達で充分だ。それ以上を望んではいけない。

ボールを摑《つか》む両手に力を込めた、その時。

ごん、と背後で音がした。

硬いものが床を打ち鳴らしたような音だった。咄嗟《とっさ》に振り返る。

「……どうしたの」

古市の声がしたが、わたしは答えなかった。答えるどころではなかった。

体育館の中央に、白い何かが転がっていた。

人だ。白い人影が仰向けに横たわっている。

向かって左側にあるのは頭、右側は投げ出した足。全身はぼんやりして床板とラインテープが透けている。細部は曖昧《あいまい》で顔も服装も分からないけれど、輪郭は確実に人間だった。でも人間ではない。気配がまるで違う。辺りの空気が変わっている。

これは〝本物〟だ。

どくどくと心臓が早鐘を打っていた。

「ミハル」

真琴に呼ばれたがこれも無視する。影に歩み寄っていいものか思案して留《とど》まることを選ぶ。

白い影がぎこちなく立ち上がった。

両手を耳の辺りに当てていた。

女の子だ。それも小柄で痩《や》せている。真琴と同じ二つ結び。顔はぼやけているが目鼻の位置はかろうじて分かる。服装ははっきりしない。ただ全体的に白い。

「誰……？」

また真琴の声がする。一瞬遅れて彼女にも見えているのだと気付く。知るかと答えようとすると、かすかな声が耳に、いや――心に届いた。

〈……ごめんね……〉

懇願するような、泣きべそをかいているような、女の子の声だった。

白い女子の口元が動いていた。

〈……イシダさんごめん、キノシタさんごめん、エゾエさん、コバヤシさん、コモダさん、モリさんヤエガシさんミツヤさんネギシさん……〉

名前らしき言葉、詫《わ》びの文句。

白河たちが聞いたのはこれだ。

この子の声を聞いていたのだ。

〈ごめん、ね……あ、あし……〉

声が途絶える。あし——足とはなんだ。そう思った直後。

白い女子が歩き出した。キュッと床が鳴る。耳を塞《ふさ》いだ姿勢のままで舞台の方に向かう。囁《ささや》き声は続いている。

「今の、ひょっとして」

古市の声。足音は聞こえたらしい。

「そう」わたしは最小限の言葉で答えた。

女子はとぼとぼと歩いている。わたしたちに背中を向け、時折床を鳴らして。向かう先にはドアがあった。前方右手の壁にある、小豆《あずき》色のドアだ。中にはちょっとしたスペースと、緞帳を上げ下げするボタンと、舞台に上がる階段と——

タンッ、と足元で音がしてわたしは跳び退《しさ》った。無意識に取り落としたボールが、てんてんと床を転がる。

「あっ」

真琴が小さく叫んだ。顔を上げると白い女子は見えなくなっていた。見回してもどこにもいない。

「どうなった？」わたしは振り返って訊《たず》ねる。真琴は全身を縮めていた。先ほどまでの舐《な》めた表情は完全に消え失《う》せている。

「……き、消えた。ドアの前で薄くなって」

「え、そうなの？」

古市が眼鏡の奥で目を丸くする。「何かいたの？　足音が聞こえたけど」

古市には〝聞こえる〟だけらしい。けれど聞こえる範囲に個人差がある。古市は足音だけ、白河たち二人は足音と声。

固まった足を意識的に動かし、わたしは一直線にドアに向かった。この向こうにいるのかもしれない。そう思うと緊張が走る。ぞくぞくと背中の毛が逆立つ。

ドアまであと五メートル。四メートル。三メートル。

視界の右上の方でちらりと何かが動いて、無意識にそちらを向いた。途端に足が止まる。

白い女子がキャットウォークを歩いていた。

さっきまでと同じく両手を耳に当てている。

「今度はそっち？」

古市が戸惑いながら訊《き》いた。

キャットウォークのちょうど真ん中で、女子は立ち止まった。平らな胸を手すりに押し付け、肘《ひじ》の間から床を見下ろす。

ぼやけた顔が見えた。

顔には表情が浮かんでいた。苦悶《くもん》、悲しみ、後悔、嫌悪。どれにも当てはまるようで、どれでもない、でも負の気持ちを表していることは分かる顔。

まさか。

思った次の瞬間、女子はキャットウォークの床を蹴《け》った。するりと手すりを乗り越える。そのまま三メートル近くの高さから落下する。

「だめ！」

真琴が叫んだ。わたしは思わず目を閉じていた。

「ごつん」と「ぐしゃ」が混じったような音が、胸に直接響いた。最初に聞こえた音よりも大きくて生々しくて厭《いや》な音。

考えたくない光景が瞼《まぶた》の裏に広がった。

床に倒れた白い女子。その首は変な向きに曲がっている。両手両足を出鱈目《でたらめ》に伸ばしている。割れた頭から真っ赤な血が流れ出て、音もなく床に広がっていく。

その場にしゃがんでいる自分に気付いた。

上履きの先端、赤いゴムのコーティングが視界の中央にある。血は見えない。床を伝ってこちらに迫ってきたりはしていない。

おそるおそる顔を上げると、少女の姿はどこにもなかった。

真琴は顔を覆って蹲《うずくま》っていた。指の間から啜《すす》り泣きが漏れる。その傍らでは古市が真っ青な顔で尻餅《しりもち》を搗《つ》いている。

空気が元に戻っていた。外の雨音が耳に届く。

「……落ちたの？」

古市は唇まで青くしていた。うなずいて返すと、

「どうするの？　見えたし、聞けたんだよね」

「そうだけど……」

ゆっくり立ち上がって体育館を見回す。

終わった、と考えていいのだろう。白い女子はどこかに消えてしまった。またすぐ現れることはない。そんな気がする。というより確信できる。

今度こそ本物に会えた。

でも少しも嬉《うれ》しくなかった。何一つ満たされていない。

頭がせわしなく考えている。あの子は何者なのか。どうしてあんな真似をしたのか。囁いた名前の数々は。〝足〟とは。あの姿勢の意味するところは。

一方で心は痛みを訴えていた。

苦しい。油断すると涙が出そうになるほどだ。どうしてこんな気持ちになっているのか分からないまま、わたしは胸を押さえてその場に立ち竦《すく》んだ。

古市が真琴に「大丈夫？」と声をかけていた。

三

深夜の真っ暗な和室。隣の布団で真琴が寝ている。他の弟妹たちの寝息も聞こえる。

わたしは眠れず天井を見上げている。

姉の布団は空だった。引き戸の隙間から光が漏れているということは、居間で勉強でもしているのだろう。遅くまでご苦労なことだと心の隅で嫌みを言う。

白い女子を最初に目撃してから一週間が経っていた。

雨が降ったのはそのうち二日。いずれも放課後になって体育館に行ってみたところ、計ったように彼女は現れた。姿形、声、音、そして行動。何から何まで同じだった。思い切って声をかけてみたけれど、白い女子はまるで反応しなかった。

床に叩《たた》きつけられる瞬間は二度とも目を背けてしまった。厭な音がした後、床板とラインテープを見つめながら、わたしは胸の苦しみに耐えた。

古市に詳しく説明すると「だったら、これでお終《しま》いって気分にはならないだろうね」と、こちらの意向を伝える前に納得された。話が早くて助かる。

二人で最初に質問した相手は、白河と小野だった。

彼女たちが耳にしたのは、順に「囁き声」「足音」そして「床に叩きつけられる音」。一方でわたしは「囁き声」の前、白い女子が見える更に前に、別の音を聞いている。

「ごん」という音だ。

体験に齟齬《そご》がある。彼女たちに最初の音は聞こえなかったのだろうか。

「わかんない」

白河のそっけない態度は想定済みだった。先週上演の悲劇はとっくに終幕したのだろう。小野は意外にも真面目に答えてくれた。

「わたしたち縄跳びで遊んでたからね」

健康的だね、と皮肉を言いかけて止める。

「そしたら白河ちゃんが急に止まって、何か聞こえるとか言い出したの。そっから」

「つまり足音や縄の音のせいで、聞き逃した可能性があるわけだ。これは齟齬とは言わない。ただ状況が違うだけだ。

古市は興味深げにメモを取っていた。

真琴が寝返りを打ち、聞き取れない寝言を繰り返している。

白い女子を見た直後は酷《ひど》く落ち込んでいたが、家に帰った頃にはケロリとしていた。

子供はそんなものだろう。あれから何度か問い質《ただ》してみたが、彼女が見聞きしたものは
わたしとほとんど同じらしい。最初の音も確かに耳にしたという。

(……ごめん、ね……)

囁《ささや》き声が頭の中で繰り返されていた。何を詫《わ》びているのか。

キャットウォークから見下ろす不鮮明な顔を思い出す。何故飛び降りるのか。

そもそもあの子は誰なのか。なぜ雨の日にだけ現れるのか。

気になる。だから眠いのに眠れない。困った。欠伸《あくび》が出る。

目が覚めたら午前九時を回っていた。

腹が立つほど清々《すがすが》しい朝の光が和室を照らしていた。

完全に遅刻だ。真琴に一度起こされた記憶があるが二度寝してしまったらしい。

わたしは唸《うな》りながら布団から起き上がった。

朝食を摂《と》っている間、両親の部屋からは弟妹たちの楽しげな声が漏れ聞こえていた。そこに被《かぶ》さる太い鼾《いびき》は母親のものだ。騒がしくても起きる気配はない。ビルの深夜清掃の仕事は大変なのだろう。

父親が帰ってきた様子はなかった。

着替えを済ませ、両親の部屋で弟妹たちのおむつを換え、母親が目を覚ますのを待って、わたしは家を出た。寝坊した時のいつもの流れだ。話をしないのもいつものことだ。

住宅街を歩いていると、「おっはよー」と後ろから声を掛けられた。

車椅子に乗った若い女性が颯爽《さっそう》とわたしを追い抜く。振り返った顔には人懐っこい笑みが浮かんでいた。

近所に住む松井《まつい》さんだ。わたしは「おはよう」と挨拶《あいさつ》を返した。

「押そうか？」

「お願いしていい？　二日酔いでしんどいの」

「大学生はどうしようもないな」わたしは苦笑して車椅子のハンドルを摑《つか》んだ。

わたしに物心がついて挨拶するようになった頃から、松井さんはずっと車椅子だ。小学生の時に事故に遭い、足が動かなくなったという。詳しく聞いたこともある気もするが覚えていない。気にもならない。大事なのは彼女がわたしにとって〝近所の親しいお姉さん〟であることだ。家族より同級生より、ずっと話しやすい。

「時間までに登校しないと駄目だよ」

「してたら今日は押せなかったけど」

「確かに」彼女は前を向いたまま、「今日はなに？　低血圧？」と訊いた。

「そんな感じ」

わたしは適当に答えた。体育館の霊について夜通し考え込んで寝坊した、とはさすがに言えない。こっちの気持ちを知ってか知らでか、松井さんは含み笑いを漏らして、

「まあ、無理してみんなに合わせることないよ」

と言った。

「真琴ちゃんは元気？　最近会ってないから」

「元気」

「また喧嘩《けんか》したんじゃないの？」

「してないよ」

「お姉さんはどう？」

「特に何も」

「どうしたの美晴ちゃん」

松井さんが唐突に訊《き》いた。

「何が？」

「悩み事でもあるんじゃないの？　さっきから上の空っぽいし」

気付かれていたらしい。

「わたしでよければ相談に乗るよ？　足が速くなりたいとか言われてもアドバイスのしようがないけど」

松井さんはけらけらと笑った。こういう冗談を言う人なのは前から知っていて、わたしもすっかり慣れている。というより彼女がこんな性格だからこそ、変に気を遣わず話していられるのかもしれない。

「大したことじゃないよ」

「またまたあ。大先輩に話してご覧なさいな。口は堅いって定評あるよ」

おどけた口調で言う。そうだ、とわたしは今更になって思い出した。

「松井さんって三ツ角小だっけ」

「そうだよ。生まれてから二十二年ずっとここ」

「例えばだけど、三ツ角小で女子が自殺したって話、聞いたことある？」

自分の問いに自分で納得していた。

白い女子の行動を素直に受け取るなら、自殺――飛び降り自殺に見える。かつての在校生が自殺して、その霊が出没している。そう推測するのは決して変ではないし、ＯＧに聞くのは手っ取り早い。

「あるよ」

松井さんはあっさり答えた。

「わたしが卒業した年の秋だった。年度で言うと〝次の年〟になるのかな。弟か妹のいる子から回ってきたよ――体育館で六年の女子が飛び降り自殺したって。ちょっとだけ騒ぎになったから覚えてる」

大当たりだ。時期を計算すると九年前になる。

はやる気持ちを抑えてわたしは質問を重ねる。

「体育館で飛び降りるってのは……」

「キャットウォークっていうのかな。そこから床に。見回りに来た先生が見つけたんだって。ってことは早朝か放課後ってことになるのかなあ」

「秋って？」

「九月だったような気がする。たしか雨の日」

「ニュースには？」

「なってなかったと思うよ。新聞には全然載ってなくて複雑な気持ちになった記憶があるなあ。新聞的には報道する価値がないんだって」

「その子の名前は分かる？」

わたしはゆっくり車椅子の速度を落とした。道の端に止めると彼女の前に回り込んで、

「変な質問してごめんね。噂というか学校の怪談みたいな話になってて、気になったから」と曖昧《あいまい》な嘘を吐いた。

「あらあ、今はそんなことになってるんだね」

松井さんはそう言うと、考えこむような仕草をした。

「名前はたしか……垣内《かきうち》さんだったかな。垣内渚《なぎさ》。うん、多分合ってる。クラスに藪内《やぶうち》渚って子がいて、似てるねって話になったのとセットで覚えてる」

「垣内……」

無意識につぶやいていた。あの白くて透けていて顔のはっきりしない女子に名前が付いた。確定とまでは行かないにしても、白い女子が垣内渚の霊である率は高い。

「ああ、そうだそうだ」ポンと松井さんは手を打った。「思い出したよ。初めて話を聞いた時、ちょっと変だなって思ったの。本気で死にたかったら、普通は教室のベランダから飛び降りるんじゃないかって。それか屋上」

もっともな指摘だった。物騒な言い方だけれどすんなり飲み込める。

四年の頃、クラスの馬鹿な男子の間で、キャットウォークからマットも敷かずに飛び降りるのが流行《はや》ったことがある。うち一人が捻挫《ねんざ》して、先生に怒られて禁止されるまでの約一ヶ月間は、誰も怪我しなかった。「足がビリビリするから楽しい」と馬鹿たちが騒いでいたのを覚えている。しっかり両足で着地すれば、十歳の子供でもそれくらいで済むわけだ。

あの程度の高さでは普通は死ぬことはおろか、怪我することすら難しいのだ。頭からわざわざ、それこそ白い女子みたいに落ちない限りは。

あの場所であんな風にして死ななければならない理由とは。

「雨に濡《ぬ》れたくなかったからとか？」

「うーん」松井さんは腕を組むと、「そこ気にするかなあ。濡れるのが嫌なら日を改めればいい」

「そうだね」

「どうしてもその日死にたいなら別の手を使うんじゃない？　方法なんかいくらでもあるよ。首吊《つ》りは座っててもできるし、醬油《しょうゆ》一升飲んでも死ねる。コンセントに濡れた指を突っ込むのもいい。全部わたしでもできる」

朗らかな口調に反した暗い内容、そして強烈なブラックジョークに、わたしは思わず吹き出してしまう。

「詳しいなあ」

「だって調べたことあるもん」

松井さんはさらりと言った。

今度は反応できなかった。どうして調べたのか。ただの好奇心かもしれない、だから深刻に取る必要はないかもしれない。でも「わたしでもできる」が引っ掛かる。

「……松井さん、今の受け止め切れないんだけど」

わたしは正直に言った。

「あ、ごめん、重すぎたね」

彼女は申し訳なさそうな顔をして、顔の前で手を合わせる。「今は違うから心配しないで。小学生の頃の、それもほんの短い間の話。やんなくてよかったたって思ってる。コージくんもいるし」

彼氏の名前だ。

「それにさ、自殺したら永久に苦しみ続けるって話もあるじゃん。魂とか宗教は信じてないけど、死んだ後のことなんて分かんないのは事実だし、だから止めたの」

「そうなんだ……よかった。安心した」

わたしは笑顔を作った。

駅と小学校との分かれ道まで車椅子を押して歩き、松井さんと別れた。「ありがとうね、助かったよ」と手を振る彼女は、いつもと変わらない、近所の親しいお姉さんの顔をしていた。


「先生」

放課後の教室。教師用のデスクで書き物をしている天野に、わたしは声をかけた。

「どうした？」

にこやかに答える天野。

「真面目な話なんですけど、垣内渚って子、知ってますか」

思い切って訊《たず》ねると、その顔が一気に引き締まった。

教室の後ろで白河たちが話し込んでいる。佐伯は自分の席で男子数人と戯れている。

「ちょっと来てくれるかな」

天野はそう言うと椅子から立ち上がった。

職員室の片隅、間仕切りのある打ち合わせスペースにわたしを案内すると、天野は向かいに座るなり訊いた。

「どうしてその名前を知ったの？」

いつもは穏やかで優しい顔が緊張を帯びている。

「雨の日の体育館の噂、調べてたら分かりました。九年前に自殺した子の名前です」

白い女子のことは出さず、嘘でないことを告げる。

天野はしばらく黙っていたが、やがて観念したように口を開いた。

「知ってるよ。よく知ってる。先生の受け持ちの子だったからね。それも新任の時。六年一組だ。一九八六年の九月十六日、放課後だった」

一言一言、慎重に言葉を選んでいる。

「職員室で仕事してて、トイレに行ったついでに体育館に寄ったんだ。一組の子が何人か放課後に遊ぶとか言ってたから、様子を見に行こうと思ってね。その日はそう――朝から雨だった」

周囲の様子をうかがいながら、

「うつ伏せに倒れてた。首が変な方に曲がってた。他には誰もいなかった」

天野はそう言うと目を伏せた。

「なんで、その……」わたしは言葉に詰まる。

「トラブルは見つからなかった。親御さんも分からないと言っていた。でも同級生には『生きるのが辛《つら》い』『どうしようもない』って零《こぼ》してたそうだ。漠然と悩んでたってことかな。そういう年頃ではあるけど……何とかできたんじゃないかって思うよ」

天野は握り合わせた手をデスクに置くと、

「だから正直、例の音や声は垣内の――霊の仕業なのかなって考えたことはある。何回も何十回も。そう思いながらお前たち児童には、建物の話をしていたんだ。この九年間、ずっとね」

いつの間にか充血した目で、わたしを見据えた。

この人も悩み苦しむのだ、とわたしは心の中で驚いていた。優しいだけ、大きな声を出さないだけの、ただの〝担任〟だった天野の印象が大きく変わっている。

「先生は直接聞いたことありますか」

わたしは訊ねた。

天野は一度だけ、小さくうなずいた。

四

「美晴ちゃーん、おねがーい」

すがるような声がした。美晴。わたしの名前。頬にぬるりと生温かい感触が走る。これは涎《よだれ》だ。わたしは机に突っ伏して寝ている。今は国語の授業中だ。

慌てて身体を起こすと、教壇で佐伯が「よかったあ、起きた」と指示棒を抱きしめた。馬鹿な男子が「教科書の跡ついてんぞ」と嬉《うれ》しそうにわたしの顔を指差し、クラスが笑いに包まれる。

教室の後ろでパイプ椅子に座った天野が、やれやれといった顔で腕を組んだ。古市が心配そうにこちらを見ている。

わたしは眠気を振り払いながらシャープペンシルを摑《つか》んだ。

あれから雨の日になる度、誰もいない時を狙って、体育館で白い女子――垣内渚に呼びかけた。思いつく限りのおまじないも試してみた。もう苦しまなくていい、成仏してほしいと念じてもみた。

松井さんの言うとおり、彼女は死にきれずに苦しんでいると考えたからだ。だったら助けたいと思ったからだ。そこまでしないと一件落着という気分にはなれない。

でも、わたしの試みはすべて失敗に終わった。

彼女は音とともに現れ、耳を押さえて立ち上がり、囁《ささや》きながらドアの前で姿を消し、キャットウォークを歩いて中央で立ち止まり、飛び降りて音とともに消え失せた。機械のように習慣のように、ただそれだけを繰り返した。

霊は痛くないのだろうか。何度も飛び降りて平気なのだろうか。

それ以前に、どうして何度も飛び降りるのだろうか。どうして雨の日に自殺してみせるのだろうか。

そんなことを考えるのは、わたしが挫《くじ》けそうになっていたからだった。垣内渚が床に叩《たた》き付けられた直後に胸を襲う、あの苦しみに耐えるのが難しくなっていた。

「力不足なのかなあ」

授業が終わると古市の机に座り、わたしはそう零した。彼は考え込む仕草をして、

「聞こえてないとか？　耳を塞《ふさ》いでるんだよね」

と、手元のメモ帳を示す。一ページ使って垣内渚の全身像が、精密に描かれていた。わたしが描くと無残な出来になるのは分かり切っていたので、古市に説明して描いてもらったものだ。

「それはわたしも考えた」

「だろうね。どう見てもそういう姿勢だから」

「うん。だから手を摑もうとしたんだけど、駄目だったよ。触れない」

古市は目を白黒させた。

「これに？　触ってみようって？」

「うん」

「……凄《すご》いな」

彼はぶるりと身震いした。

分厚い雲のせいで、昼だというのに外は暗い。このまま降らずにいてくれれば、今日は体育館に行かないで済むのに。自分で始めたことなのに、そんな風に考えるようになっていた。

「触れたら触れたで怖いと思うんだけどな……」

古市が首を捻《ひね》りながらつぶやいている。

ふと思い出してわたしは訊ねた。

「ねえ、死の匂いって何？　前に言ってたやつ」

ああ、と彼はメモを閉じた。けほんと咳払《せきばら》いをすると、

「ここから落ちたら死ぬよね」

窓をコツンと叩く。二階だから絶対に死ぬとは限らないけれど、キャットウォークよりずっと危険だ。

「うん、まあ」

「理科準備室には劇物がたくさんある。ないならないで化合して作ることもできる。作り方は先生が教えてくれた」

「塩酸とか」

「ジャングルジムも、登り棒も滑り台も落ちたら大変だ。大丈夫そうなのは……」

「植わってるタイヤかな」

「プールの排水口に吸い込まれて死ぬ、なんて話もよく聞く」

「だね」

「校門に挟まれても死ぬ。というか実際に高校生が一人死んでる」

「神戸《こうべ》の学校だっけ」

「うん。要するに学校は危険なんだ。表向きは安全そうな雰囲気だけど全然そんなことはない。他と大して変わらないよ。死の匂いってのはつまり――」

ここで不意に口ごもる。

わたしは少し考えて、こう問いかけた。

「〝危ない〟ってだけ？　それを格好付けて言い換えたってこと？」

「そうなる」

ばつが悪そうに古市は答えた。拍子抜けしてわたしは笑ってしまう。死の匂い。格好を付けすぎている。

そう思いながらも納得していた。

学校は危険だ。家よりもずっと危ない。少なくとも自分の家で、落ちたら死ぬ場所は屋根くらいしかない。わたしたちは平日の毎日、より危ない場所にわざわざ出向いて過ごしているわけだ。不用心にもほどがある。

自分はよく無事だったな、と妙な感心すらしていた。

終礼が済んでも雨は降らなかった。垣内渚は今日は出てこない、だから体育館には行かなくていい。ほっとしたせいか再び眠気に襲われ、わたしは机で少しばかり寝ることにした。

目が覚めたら五時前だった。

教室にも廊下にも階段にも、誰もいなかった。靴箱の前でスニーカーに履き替えて簀《す》の子を下りると、玄関の隅に人が立っていることに気付いた。

佐伯が組体操のパネル写真の前に佇《たたず》んでいた。微動だにせず見つめている。気配に気付いたのか、彼女はくるりと振り向いた。

わたしは黙礼した。彼女は「あっ、美晴ちゃん」と満面に笑みを浮かべる。

「勉強？　クラブ活動？」

「寝てました」

「ははは」佐伯は身体を揺すりながら、「寝るの好きなんだね、こんなとこで寝れちゃうし」と視線で床を示す。皮肉で言っているのではないらしい。

「あの時はびっくりしたよ。来たら倒れてるんだもん。息はしてるけど起きないしで泣いちゃいそうになってさ」

「はあ」もうその話は止めてほしい。

「自分の用事どころじゃなかったよ。無事でよかったけど。ねえ」

「はあ」

どうやって話題を変えようかと思案していると、不意に疑問が浮かんだ。

「先生は何であんな早くに学校来てたんですか」

「これを見るつもりだったの」

佐伯は写真のすぐ側まで近づき、右奥の女子のピラミッドを指差す。

「わたし！」

上から二段目、二人並んだうちの左側の女子を突《つっ》く。わたしは目を凝らした。ピントが合っておらず顔はぼやけているが、体型は分かった。

「……この子、けっこう痩《や》せてますよ」

「中学入ったら太っちゃってねえ」

ははは、と高らかに笑う。

痩せていた頃の自分が見たかったのだろうか。気にはなったがさすがに訊《き》けない。

「わたしの原点なんだ、これ」

佐伯は感慨深げに言った。「大変だったよ。練習じゃ全然できなくて、先生に怒られて泣いちゃう子もいたし。わたしも嫌だった。こんなことやって何になるのって思った。でも朝とか放課後に練習したら、少しずつできるようになったの。本番は完璧《かんぺき》だった」

どこかうっとりした目で、

「天野先生とも、みんなとも仲良くなった。このメンバーとは今でも交流あるよ。グループを超えて、一生の友達を見つけることができたの」

「一致団結は凄いですね」

「そう、凄いよ」

嫌みで言ったのを真顔で返されて、わたしは戸惑った。

「教師を目指してるのも、これがきっかけだもん。みんなで力を合わせれば、無理だと思ってたこともできるの。未来が拓《ひら》けるの。それを今の子たちにも伝えたいなって」

「みんなで力を合わせて、か」

「うん」

佐伯はこれも真顔で返した。

「いい経験だったよ。みんなで目標に向けて協力するのが好きになった。中高大と野球部のマネージャーやったのもこれがきっかけ。だからダーリンと出会えたのもこれのおかげ」

「ダーリン」

「そう、旦那様《だんなさま》。大学の野球部で、エースで四番なの。佐伯修平《しゅうへい》って名前も強そうでカッコイイよね」

今度は惚気《のろけ》か。うんざりした次の瞬間に気付く。

「旦那様ってほんとに旦那のこと？」

「うん。指輪はまだだけど」

彼女は何も付けていない左手をひらひらさせた。

「結婚してたんですね」

「そうだよ、別に隠してないしみんなにも言ったはずだけど」

わたしはその〝みんな〟には入っていない。この人には意味が分からないだろう。〝みんな〟とは繋《つな》がりが切れている人間がいることを、この人はきっと理解できないだろう。

彼女は嬉《うれ》しそうに惚気を再開していた。芸能人の誰それに似ている、文武両道である、両親を説得した彼にさらに惚《ほ》れた――

「友達からも早いとか慎重になれとか色々言われたけど、どうせするなら早い方がいいでしょ。それに菰田《こもだ》より佐伯の方が可愛らしいし」

「……えっ」

言葉が記憶と結び付く。コモダ。垣内渚が囁《ささや》いていた名前の一つだ。

「先生、コモダっていうんですか？」

「そうだよ。菰田麻子。地味でしょ」

けらけらと笑う彼女にわたしは問いかけた。

「垣内渚って子、知ってますか？」

気付くのが遅すぎた。教育実習生なら大学三年生だろう。浪人や留年をしていなければ二十歳か二十一歳。だから九年前は小学六年生だったことになる。そして六年二組、天野のクラスに実習に来ているということは――

佐伯の顔から笑みが徐々に消えていった。

「……うん。同じクラスだった」

探るような目でわたしを見ている。

「自殺したって聞きました」

「そうなの」間髪を容《い》れずに答える。「友達のいない、影の薄い子だったから、正直何があったかはよく知らないけど」

「友達じゃなかったんだ」

「うん。でも悲しかった。気付いてあげられなかったから。お通夜にも告別式にも行って、みんなで泣いてお別れしたよ」

さっきまでとは打って変わって、泣きそうな顔になっていた。芝居がかっていると考えるのは穿《うが》ちすぎだろうか。綺麗《きれい》事に聞こえるのはこちらが捻《ひね》くれているせいだろうか。

訊きたいこと訊くべきことを考えていると、

「じゃあ、これから会議だから」

佐伯はすたすたと職員室の方に歩いて行った。

日付が変わっても眠れず、布団を撥《は》ね除《の》けて起き上がる。引き戸の向こうは今日も灯《あか》りが点《つ》いている。真琴たちを踏まないように避《よ》けて、わたしはそっと部屋を出た。
姉が――琴子《ことこ》がテーブルで勉強していた。短めのポニーテール、ぶかぶかのTシャツにスパッツ。椅子の上で体育座りして、つまらなそうに参考書を眺めている。

トイレに行って戻っても彼女は同じ姿勢だった。

「琴子」

「なに」

顔も上げずに答える。

「雨の日の体育館のこと、知ってる？　三ツ角小学校の」

彼女に相談するのは癪《しゃく》だったけれど、他に頼りになりそうな人間は思い当たらない。

わたしよりずっと真面目で頭がよく、そしてたくさんの〝本物〟に会ってきた琴子なら、何かヒントになりそうなことを知っているかもしれない。

「白い子でしょ。飛び降りて消える子」

ぱらりと参考書を捲《めく》る。やはり琴子にも見えていたのだ。

「放っといて平気なの？」

「平気。誰かが困ってるわけじゃないもの」

「あの子が困ってる――苦しんでるよ」

琴子はようやく顔を上げた。無表情でわたしを見つめる。続きを促しているらしい。

「調べたからね。自殺したのに死にきれなくて苦しんでる。わたしにも伝わる」

濃い眉《まゆ》がぴくりと動いた。

「わたしが声をかけても全然聞いてくれない。耳を塞《ふさ》いでるから」

「塞いでる？」

「そうだよ。こうやって」

わたしは垣内渚と同じポーズをしてみせた。琴子の目がわずかに見開かれる。驚いているらしい。

手にしているシャープペンシルを頰に何度か当てると、

「そう……その方が歩きやすいものね」

意味深につぶやいた。

「どういう意味？」

「美晴が見た白い子は耳を塞いでるんじゃない。頭を持ってるの」

「は？」

「美晴の声もちゃんと聞こえてるはずよ。手を耳に当てたって何も聞こえなくなるわけじゃないもの。反応しないのはそうね……美晴が勘違いしてるからじゃない？」

「さっきから何なの？」わたしは髪を搔《か》き毟《むし》った。「勝手にクイズ始めるなよ。お前は分かってるかしらないけど」

「静かに。みんなが起きる」

琴子が言った。囁き声なのによく通る。そして迫力がある。

気圧《けお》されそうになるのを何とか耐えて睨《にら》み付けると、彼女は溜息《ためいき》を吐いた。

「自殺したら永久に苦しむなんて嘘よ。思い止《とど》まらせるための作り話に過ぎない。誰に聞いたか知らないけど」

「松井さん」

「そうなんだ」

琴子は首を捻っていたが、やがて「そうだ」と両足を椅子から下ろした。

「思い出した。夕方に松井さんと会って、美晴へ伝言を頼まれたの。『気にしてたらごめんね』って。意味分かる?」

「うん」

彼女の顔と先日の遣《や》り取りを思い返すと、苛立《いらだ》ちは少しだけ治まった。松井さんとは普通に話せるのに、と余計なことを考えてしまう。

「松井さんって何で足悪くなったんだっけ」

何気なく訊《き》くと、琴子は意外そうな顔をした。

「結構ニュースになったけど……そうか、美晴はまだ二歳だったものね」

お前だって四歳だったくせに、と突っかかりそうになって堪《こら》える。

「あの人は小六の時に——」

琴子の言葉を訊いた瞬間、思考が止まった。どうしてなのか分からない。戸惑っていると勝手に頭の中で記憶が、情報が絡み合う。琴子のクイズめいた言葉の意味が理解できる。

同時に寒気が身体を襲った。自分の想像で心が冷たくなっていた。

「つ……次に雨が降るのはいつ?」

「分かるわけないでしょ」

琴子は呆《あき》れたように言うと、テーブルの新聞を指差した。

五

「おいおい」

放課後。体育館の扉をくぐるなり天野が尖《とが》った声で言った。すぐ後ろの佐伯も怪訝《けげん》な表情を浮かべる。二人の視線は入ってすぐの壁に立てかけられた、組体操の写真パネルに注がれていた。

「勝手に移動させたのか？　誰か先生の許可は……」

「いえ。でも必要なので」

わたしは古市に目で合図を送る。彼はうなずくと出入り口の重い扉を閉じた。わずかに館内の空気の流れが変わる。

四人しかいない体育館に、沈黙が立ち込めた。聞こえるのは外の雨音だけだった。

「……何が始まるの？」

不安そうに訊いたのは佐伯だった。

「垣内渚のことで、どうしても確かめたくなって」

わたしはそれだけ答えた。腹の底がずしりと重くなり、膝《ひざ》が少し笑う。逃げ出したいほどの緊張を覚えている。でも逃げ出すわけにはいかない。

白い女子、垣内渚を助けるにはこうするしかないのだ。

「佐伯先生」

呼びかけると、彼女は強張《こわば》った顔で「なに」と答えた。普段――みんなと一緒にいる時とはまるで違う、低い声。

「この子の名前は何ですか？」

わたしは女子のピラミッドの、最下段左端の女子を指した。佐伯はわずかに目を凝らして、

「三屋《みつや》さん」

と答えた。メモを開いた古市が「むっ」と声を上げる。わたしは続いて隣の女子を示し、「この子は？」と問いかける。

「江副《えぞえ》さん」

「この子は？」

「小林《こばやし》さん」

古市の顔がみるみる青ざめていく。

わたしはピラミッドを組む女子を順に指し示し、佐伯は名前を答える。石田《いしだ》さん、木下《きのした》さん、森《もり》さん、八重樫《やえがし》さん、根岸《ねぎし》さん。

「で、これが菰田さん……佐伯先生」

「そうだけど、それが何なの？」

険しい顔で佐伯が訊いた。わたしは覚悟を決める。

「ここは雨の日に変な音と声がする。その声が、今言った九人の名前を呼んで謝るの。ごめんねって」

「そんなの確かめようが」

「あります。もうすぐ聞こえますよ」

「有り得ない」

「だったらここにいても平気ですよね？」

彼女は黙った。わたしは再び写真を指差す。

「一番上の子は誰ですか？」

「……荻野《おぎの》さん」

「この子の名前は呼ばれません」

古市がうなずくのを横目で確認すると、わたしは身体ごと佐伯を向いて、

「佐伯先生。一九八六年の九月十六日の放課後、垣内渚はここで自殺した。そういうことになってますけど――本当は違うんじゃないですか」

「何言ってるんだ比嘉」

答えたのは天野だった。組んでいた腕を解く。

「先生が確かめたんだ、垣内は間違いなくここで」

「死んだんですよね？　自殺したんじゃなくて」

天野が絶句して佐伯を見た。彼女は潤んだ目で見返している。

二人の様子をうかがいながら、わたしは一気に言った。

「その日この辺りは雨が降っていました。昔の新聞で確認済みです。校庭は使えない、組体操の大技を練習するなら体育館しかない。垣内渚はここでピラミッドの練習中、頂上から落ちて頭を打って死んだ。違いますか？」

体育館が静まり返った。そう思った次の瞬間、

「そんな訳ないだろ！」

天野が怒鳴った。

「じゃあ何か、先生が嘘を吐いてるっていうのか？　冗談はよしてくれ。大体そんなことをする意味がないだろ。不慮の事故を自殺に見せかける必要なんかない」

「普通はそうです」

わたしは引っ掛かりながらも同意する。組体操で児童が死ぬことは、少なくとも天野にとって「不慮の事故」らしい。きっと他の先生がたも同様だろう。

「でも二年連続なら違います。さすがに大事《おおごと》になると慌てる人も、だから隠そうと企《たくら》む人もきっと出てくる。新任の先生なら尚更《なおさら》です」

天野は奇妙な声を漏らした。

わたしは松井さんのことを思い出していた。

彼女は一九八五年の秋、組体操の練習で三段タワーから転落し、背骨を折った。そして半身不随になった。これも当時の新聞、そして本人に直接訊いて確認した。死にたい時期があった理由も察しが付いたが、確かめることはしなかった。

「違う、違う……」

佐伯が首を振った。

「知らない。ピラミッドの練習なんか」

「こないだ言ってましたよね、放課後も残って頑張ってたって」

「それは関係ないぞ、全然関係ない」

天野が上ずった声で言った。

「比嘉、くだらない遊びで大人をからかうのは止めろ。洒落《しゃれ》にならない」

「洒落にならないことをしたのはどっち？」

わたしは震える足を踏ん張った。

二人の狼狽《ろうばい》ぶりで確信していた。勢い任せの説明なのに、天野も佐伯も取り乱している。自分の仮説は正しいのだ。信じたくないけれど当たっているのだ。

天野は、佐伯は、そして残りの八人は、

「みんなで一致団結して、垣内渚の事故死を自殺に偽装したんですね？　マットを片付けて死体をそれらしい位置に置いて。念には念を入れて、死体をキャットウォークから落としたりもしたかもしれませんね。後は全員で口裏合わせて、〝漠然と悩んでいた〟

という嘘の動機を広めた。彼女が内向的で、友達がいないのをいいことに」

「ふ、ふざけ――」

ごん、と音がした。

天野がびくりと大きく反応する。

佐伯が小さな悲鳴を上げる。

垣内渚がピラミッドから落ちて、床に頭を打った時の音だ。

体育館の真ん中に、彼女が現れた。横たわっている理由も今は分かる。

白い彼女が立ち上がる。耳を塞《ふさ》いでいるのではなく、両手で頭を支えている。折れて用を成さなくなった首の代わりに。

〈……ごめんね……〉

囁《ささや》き声がした。佐伯が耳を押さえてうずくまる。

白い垣内渚が九人の名を呼び、詫《わ》びの言葉を繰り返す。

「いやっ」

佐伯が叫んだ。天野が側に駆け寄る。

「垣内さん」わたしは白く透けている彼女に呼びかけた。「想像なんだけど、垣内さんは運動が苦手だったか、高いところが駄目だったんじゃない？　だからその日の組体操も上手《うま》くできなくて、みんなに責められた」

〈ごめん、ね……あ、あし……〉

「みんなの足を引っ張ってるとか言われた。追い詰められた垣内さんは無理してピラミッドに登った。団結を乱さないように、みんなに迷惑かけないようにって。そう思ってたら落ちて、それで……」

キュッ、と音を立てて彼女は歩き出した。ふらふらとドアに向かう。

「死んだ後も追い詰められてるんだね？　今も責任を感じてる。みんなに気を遣ってる。だから」

古市の目は真っ赤だった。わたしも胸が苦しくなっていた。

「今はこうやって、みんなの嘘に協力してるんだ。雨が降ったら現れて、無理のある自殺を実演してみせてる。自分はこうやって死にましたって嘘を吐き続けてる」

自分の言葉で悲しくなる。

そうだ。彼女はこんな馬鹿げた理由でここに留《とど》まり続けているのだ。団結だの何だのに死んでからもずっと囚《とら》われている。押し付けられた〝みんな〟を振り払えずにいる。それで自分を責め続けて、苦しみ続けている。

「垣内さん」

わたしは駆け出した。彼女の前に回り込む。

「そんなことしなくていいから。もう誰も怒ったりしない。責めたりしない」

彼女がドアに、わたしの方に近付く。ぼやけた顔が徐々に迫ってくる。

「垣内さんだって辛《つら》いでしょ。他のみんなも喜んだりなんかしてない。垣内さんのことなんか全然考えずに生きてる」

　後ずさっていると背がドアに付いた。

「お願い」

　曖昧《あいまい》な白い顔に語りかける。遠くから天野が棒立ちで、こちらを見ている。古市がおろおろしている。

　キュキュッ、とまた音がした。

「わたしは組体操なんか嫌いだよ」

　自棄《やけ》になって口走る。

　鼻先で彼女が止まった。

　はっきりしない目でじっとこちらを見ている。

「放課後に練習なんかやりたくない。でもどうせやるんだよ。こういう時だけ仲間とか友情とか言い出すやつが出てきて、それに合わせるのが正しくて嫌がるやつは間違いみたいな空気になる。絶対にそうなる。考えただけで嫌。垣内さんも嫌じゃなかった？　本当はやりたくなかったのに、みんなのノリに無理して合わせてたんじゃないの？」

　わたしは思っていることをそのまま伝えた。

　無意識に両手を伸ばし、彼女の手首を摑《つか》んでいた。自分の気持ちが昂《たか》ぶっているせいか、それとも彼女が触れさせてくれているのか。

　彼女の手首は冷たく乾いていた。

「もう合わせなくていい。好きに死になよ」
不鮮明な顔がゆっくりと、小さくうなずいた。
わたしはそっと彼女の手を引いた。掌《てのひら》が頭から離れるのが見えた瞬間。
頭がガクリと勢いよくこちらに倒れかかった。
咄嗟《とっさ》に身体を引くと、後頭部を激しくドアに打ち付けた。
痛みに呻《うめ》きながら目を開けると、垣内渚の姿は消えていた。
霊がいるらしき気配も、雰囲気も無くなっている。
佐伯がめそめそと泣いていた。天野がその傍らで放心している。
「終わったの？」
古市がメモを片手に歩み寄る。
わたしは小さくうなずいて「写真、片付けよっか」と言った。

実習期間はまだ終わっていなかったが、佐伯は翌日から学校に来なくなった。朝の会で天野は「一身上の都合」とだけ説明した。教室のあちこちから不満の声が上がったけれど、白河だけは何故か嬉《うれ》しそうにしていた。主演の座を奪われてずっと不満だったらしい。
天野も七月に入ると同時に来なくなった。やって来た教頭が「休職」と言ったのを、馬鹿な男子が「給食？」とわざとらしく聞き間違え、ちょっとした笑いが起こった。

翌日には体育館が立ち入り禁止になった。出入り口の前には赤い三角コーンと立て看板が置かれ、スーツ姿の強面《こわもて》の人たちが時折出入りするようになった。古市と二人で元通りにしておいた、組体操のパネル写真も撤去された。

わたしたちには何も知らされなかった。

琴子に最低限の報告をすると、意外なほど驚かれた。

「あの子そんなこと言ってた？」

「ひょっとして見えてただけ？」

ここぞとばかりに見下ろすと、琴子は不機嫌そうな顔で勉強に戻った。どうやら彼女には声が聞こえず、首の折れた子が飛び降り自殺するという、ただ不可解な光景が見えただけだったらしい。それなら垣内渚を放置したのもそれなりに納得がいく。あの子の囁きや苦痛を無視したわけではないのだ。安堵《あんど》している自分が不思議に思えた。

でも気分がよくなったのはその時だけだった。

梅雨は終わって晴天が続いたけれど、心は少しも晴れない。むしろ日に日に暗く沈んでいく。天野や佐伯がどうなったのか、教頭に訊《き》いても教えてもらえなかった。

もっともらしい嘘を吐いて、わたしの追及を回避しようとした天野。

垣内の死などなかったかのように、団結だの何だのの美しさを説いていた佐伯。

いや——ひょっとして彼女たちは垣内が死んだことによって、より結束を強めたのではないか。同級生の事故死を自殺と偽り、秘密を共有することで団結したのではないか。

その成果があの写真のピラミッドではないか。

考えただけで気分が悪くなった。

垣内渚はそんな団結に死んでからも囚われていた。天野や佐伯たちが捏造《ねつぞう》した嘘の自殺を、律儀に再演し続けていた。わたしまで苦しくなるくらいの悲しみを抱きながら、九年もの間。

考えただけで悲しくなった。

佐伯以外の八人は普通に暮らしているだろう。佐伯から連絡が行ったかもしれないが、だからといって悔い改めたりするとは思えない。今日も何食わぬ顔で生きているに違いない。明日《あした》も明後日《あさって》も、それから先もずっと。

気持ちはますます鬱々《うつうつ》となった。

終業式を三日後に控えた平日。目が覚めたら九時半だった。顔を洗って着替えて家を出る。食欲は少しもない。歩道に映る自分の影を見て寝癖に気付いたけれど、直す気にもなれない。

校門をくぐって正面玄関に向かう。校庭では低学年がこの暑い中、懸命にトラックを走っている。最後尾をぜいぜい言いながら走るのは痩《や》せて小柄な男子だった。顔は真っ赤で完全に顎《あご》が上がっている。

先生が男子に向かって何やら怒鳴り、走り終わった子たちがどっと笑う。男子が顔を手で何度も拭《ぬぐ》った。流れる汗を拭《ふ》いたのか、それとも。

溜息《ためいき》を吐いて校庭から目を逸《そ》らすと、体育館の方に人影が見えた。何気なく焦点を合わせた途端、一気に目が覚めた。

天野と佐伯が、体育館の正面出入り口の扉を引き開けていた。二人とも服がよれよれで、髪が乱れているのが遠目からでも分かる。手前で三角コーンと立て看板が倒れている。

二人はするりと中に入った。すぐさま扉が乱暴に閉じられる。がん、と大きな音が響いたが、校庭の下級生も先生も気付いた様子はない。

わたしは地面を蹴《け》った。足に全く力が入らないけれど何とか前に進む。こんなことならちゃんと朝ご飯を食べておけばよかったと悔やむ。

車椅子用のスロープを駆け上がって扉の前に着いた、まさにその時。

重い音が立て続けに二度、中から漏れ聞こえた。板張りの床に重く硬いものが叩《たた》き付けられ、弾《はじ》けるような音。

口の中がからからに乾燥していた。呼吸が乱れている。蒸し暑さを感じているのに寒気がする。腕には鳥肌が立っていた。

錆《さび》の浮いた引手に指をかける。次々に浮かぶ想像を振り払って、わたしはゆっくり扉を引き開けた。

開いた隙間から中が見えたと思った瞬間、生温《ぬる》い空気が顔を撫《な》でた。瞬間わたしは鼻を押さえ、その場に立ち竦《すく》んでしまう。

強烈な血の匂いに動けなくなってしまう。

窓から差し込んだ光が、埃《ほこり》っぽい館内を照らしていた。

天野と佐伯が、キャットウォークの下の板張りに俯《うつぶ》せで転がっていた。どちらの髪も赤黒く濡《ぬ》れている。首が変な方向に曲がっている。二人とも微動だにしない。

「先生……」

無駄だと分かっているのに呼んでしまう。勇気を振り絞って中に入る。淀《よど》んだ空気が手足に纏《まつ》わり付く。血の匂いは吐き気を催すほどに濃くなっている。

キュッ、と背後で音がした。

振り返ると白い影が、扉から外に出て行くのがちらりと見えた。

居酒屋脳髄談義

一

「男は脳でモノを考えるけど――」

こめかみを指でトントンと突《つ》いてから、

「女は子宮で考えるっていうだろ、な？　牧野《まきの》」

俺はそう訊《き》いた。傍らの石坂《いしざか》が「ですね、課長」と野太い声で賛同する。斜め向かいの小崎《おざき》も「どうなの？　実際」と質問を重ねる。

俺の対面に座った牧野晴海《はるみ》は、涼しい顔で、

「さあ、どうでしょう」

と肩をすくめた。珍しく困った様子も見せていなければ、気まずそうな作り笑いも浮かべていない。俺の口から勝手に舌打ちが漏れた。

行きつけの居酒屋「夢野屋《ゆめのや》」のいつもの座敷で、俺たちは今日も飲んでいた。とりあえずビール、枝豆、揚げ出し豆腐にホッケの開き。他に気分でいくつか頼んだはずだが、混んでいるのか次が来ない。五本並んだビール瓶は軒並み空になっていた。

「どうでしょうってお前」俺はテーブルに肘《ひじ》を突いて、「分かるだろ、理屈じゃなくて

直感とか、本能で動くってことだよ。考えるってのはあくまで言葉の綾《あや》でさ」と説明してみせる。晴海はグラスを手にしたまま、

「言葉の綾というなら、そもそも子宮で考えるという常套句《じょうとうく》それ自体が言葉の綾でしょう。比喩《ひゆ》と言った方が適切かもしれませんが」

と答えた。珍しく言葉数が多いし、話しぶりも明瞭《めいりょう》だ。俺は思わず顔をしかめて、

「ん？　どういうことだ」

「子宮はモノを考える器官ではありません。それは脳の役割です」

「いや、だからさ」

俺は嚙《か》んで含めるように、

「女は考えないで行動するってことだよ、頭使わずに」

と言ってやった。

「厳しいなあ」

石坂が大げさに顔をしかめた。ははは、と小崎が大笑いしながら、

「どうなの？　どうなの晴海ちゃん？　頭使ってる？」

と彼女に顔を近付ける。

「ええ、もちろん」

晴海は言うと、小さく溜息《ためいき》を吐いた。冷たい目で俺たち三人を眺めている。

「例えば？」俺は訊いた。「何を考えて――」と言い終わる前に、

「この席に着いたら、こういう流れになることは見当がついていました」

彼女はそう言い切った。場が静まり返る。小崎はこわごわ俺を見、石坂の眉間《みけん》には深々と皺《しわ》が寄っていた。

一方で俺は感心していた。いつもは伏し目がちで、何をやっても失敗ばかりで、どんな暴言を投げかけても笑うだけの晴海が、今日はやけに堂々としている。理路整然と話すだけでなく、皮肉まで口にしている。普段は簡単な報告さえ何を言っているかさっぱり分からないのに。他の女性社員からも呆《あき》れられ、爪弾《つまはじ》きにされているほどなのに。俺たちがこうして居場所を作ってやらなければ、とっくに会社から追い出されてるような人間なのに。

今日はどうしたことだ。酒を飲んで気が大きくなったのか。普段は「弱いんです」「潰《つぶ》れちゃうんです」などと弱音ばかり吐いて、コップの一杯も空けないくせに。

ようやく胸の奥から苛《いら》立《だ》ちが込み上げてきた。今日のこいつは生意気だ。さっきからの態度には、俺たちへの敬意が感じられない。面倒を見てやっている先輩や上司に対して無礼極まりない。

もちろん声を荒らげたりはしなかった。ここは敢《あ》えて、晴海の挑発に乗ってやる。その上で叩《たた》きのめしてやる。俺たちに言い負かされないようにお勉強してきたらしいが、そんな付け焼刃で俺たちに勝てるわけがない。思い知らせてやる。力の差を——いや、知識と知恵の差を。あらゆる分野で女は男に劣るという事実を。

俺はグラスに残ったビールを一息で飲み干した。驚いたことに晴海がそれに続いた。グラスを一気に空にして、勢いよくテーブルに置く。

トン、と乾いた音が鳴った。

二

「さっきの子宮の話な」

俺は口火を切った。「一般的にはお前の言うとおりだ。考えるのは脳だ。それ以外の臓器じゃない。だがな、本当に脳は考えるための器官か？　思考や記憶を司《つかさど》る場所か？　そこんところは完全には明らかにされていない。現代医学でも」

「ええ」

晴海は表情を変えず、

「俗説程度なら存じ上げております。作り話や与太話の類《たぐい》も」

「ほう、例えば？」

そう訊くと、彼女は背筋を伸ばして、

「脳髄は物を考える処《ところ》に非《あら》ず、です」

と答えた。俺が返すより早く、

「それ『ドグラ・マグラ』でしょ？　晴海ちゃん、サブカル女子だったんだねえ」

小崎が口を挟む。嘲《あざけ》るような調子で、「じゃあさ、説明してみてよ、脳髄論」と前のめりになる。晴海は意に介した様子もなく、

「さきほど課長が仰《おっしゃ》った、脳が司るとされる諸々《もろもろ》の機能は、実は全身の細胞が行っている、というものです。脳はそれらを集めて検閲し、適切な思考のみを抽出しているにすぎない。いわばラジオのチューナーです」

そこで小首をかしげて、

「今ならまとめサイトに喩《たと》えた方が相応《ふさわ》しいかもしれませんね。全身の思考はさしずめ巨大掲示板、記憶は過去ログ」

と続けた。ビール瓶を取ろうとして空なのに気付き、「これは失礼しました」と中腰になって背後の障子に手をかける。

晴海が店員に追加を注文している間、小崎が「今の喩え、合ってるんですかね」と石坂に小声で訊く。石坂は「どうせウィキペディアか何かで得た知識でしょ」と鼻で笑う。

俺は黙って思考を整理していた。

彼女が席に戻ると、俺はすぐさま、

「今の仮説を採用するなら、『子宮で考える』というのも単なる比喩とは言えないだろ」

と言った。晴海が口を開く前に、

「あらゆる細胞や器官がモノを考えるなら、『子宮の思考』と呼べるものは想定できる。細胞一つ一つの思考がバラバラでも、器官ごとに分類して『これは肝臓の思考』『これ

は胃袋の思考』と名付けることは決して非論理的じゃない」

「そうですね」

彼女はうなずく。俺は更に、

「そして子宮は女にしかない」

「ええ」

「だから女は子宮で考えるという言い方も、あながち間違いじゃない。少なくとも男は子宮では考えない。どうだ。理解できるか」

そう言って彼女を睨《にら》んだ。石坂と小崎はにやにやしながら答えを待っている。

「であれば――」

晴海は俺たちを順繰りに見ながら、

「皆さんは精巣で考えるわけですね。わたしと違って」

と、まるで表情を変えずに言った。

俺は信じられない思いで彼女を見つめていた。性器の俗称を言ってやっただけでうつむいてしまう晴海が、眉《まゆ》一つ動かさずに精巣などと口にした。何がどうなっているのだ。

「いやいやいやいや、違うでしょそれ」

小崎が満面に笑みを浮かべて、

「精巣に対応するのは卵巣でしょ？　喩えが間違ってるよ、アレでしょ、何か反論しようとして感情的になっちゃったんでしょ？　惜しかっ――」

「では」晴海は平然と、「子宮に対応する男性の器官は何ですか？」と訊《き》いた。小崎は「いや、だからさ」と呆れ笑いを浮かべて、

「そんな単純な話じゃないよ、そもそも男と女は身体の作りが違うから、完全に対応するわけがな――」

「前立腺《せん》ですよ」

小崎を真っ直ぐ見返して、晴海は低い声で言った。小崎はあんぐりと口を開けたまま固まる。

「ご存じないのも、脳髄論を応用すれば説明ができます。小崎さんの前立腺もまたペテン師である――脳と同じように、自分について考えさせないようにしている、と」

晴海はそう言って、かすかに笑みを浮かべた。

障子の向こうから「失礼します」と店員の声がし、晴海が再び腰を上げる。小崎は苛立たしげにテーブルを指先で叩き始めた。

小崎は晴海に、まんまとしてやられたわけだ。瑕疵《かし》に突っ込もうとして、逆に知識の無さを露呈してしまった。たかが酒席の雑談とはいえ、先輩の面目は丸潰れだ。

もちろん、これは偶然だ。運が晴海に味方しているだけだ。あの晴海が、わざと理屈に綻《ほころ》びを作ったとは考えられない。小崎に指摘されるのを見越していたとも思えない。そんな作戦を立てられるほど、上等なおつむを持っているはずがない。

「脳髄なみに働くなんて、お前の前立腺は立派なんだな、おい」

石坂がホッケをつつきながら笑いかける。小崎は「それパワハラですよ」と真顔で返す。ふふん、と鼻を鳴らすと、石坂は、

「いや、悪いけど今の展開、わりと面白いよ。最近あいつイジるのも飽きてきたところだし。リアクションが毎回一緒だから」

「どうせ彼氏ですよ。ケンちゃんとかいう」小崎は頰杖《ほおづえ》を突いて、「そいつがミステリ好きかサブカルクソ野郎なんだ。そうじゃなきゃあんなこと」

「まあまあ」

石坂が制したところで、晴海がビール瓶を両手に戻って来た。一本をテーブルに置いて、「お待たせしてすみません」と両手でもう一本の瓶を差し出す。これもまた意外だった。

俺、石坂、そして小崎の順でビールを注ぎ終わると、晴海は手酌で自分のグラスを満たし、居住まいを正した。

「それで、何の話でしたか？」

自分から話を振る。なるほど、まだ俺たちに挑む気でいるらしい。自然と口元に笑みが浮かぶ。

「よし、次は俺だ」

石坂が唇の泡を拭《ぬぐ》いながら言った。

三

「さっきまでの話を前提にしよう。女性は子宮でモノを考え、男性は前立腺で考える」

「ええ」

晴海がうなずく。石坂はネクタイを緩めると、

「だけど、一方でこんな常套句《じょうとうく》もある——女性は右脳で考える、ってやつだ」

「ありますね」

「だったら」石坂は片肘《かたひじ》を突き、晴海を指差すと、「こうは考えられないだろうか。脳髄の検閲システムには男女差があると。つまり男性の脳髄は論理的に思考を精査しまとめあげるが、女性の脳髄はその場の感情や生理的な反応を優先する、と。脳髄論を踏まえるなら、そう考えないと男女の歴然とした違いが説明できない。要するに」

ここで石坂は自分の頭を指差して、

「男性と女性とでは、脳の出来が違うんだ。チューナーの精度が」

と渋いバリトンで言った。

なるほど、と俺は思った。上手《うま》いところに話を持って行った。脳髄論は右脳と左脳を分けて考えてはいない。さて晴海はどう返すか。いつもの彼女に戻るか。それとも——

「ではお尋ねしますが」

晴海が冷静に言った。ビールを一口飲むと、

「K大学の二年生だった時、同級生の女性をホームから線路に突き落としたのは、脳による論理的な判断だったのですか？」

と訊いた。「その結果として大学を除籍になり、親御さんにも愛想を尽かされ、医者の道を諦《あきら》めざるを得なかったのは」と続ける。

石坂の顔がみるみるうちにどす黒くなった。岩のように表情が硬直している。小崎が「え、そうなんですか？」と困り笑いで訊く。

初めて耳にする話だった。石坂は二浪してM大学の法学部に入り、新卒でうちに入ってきたはずだ。少なくとも俺はそう彼から聞いている。

「……どこで知った」

小崎を無視して、石坂は晴海を睨みつけた。ふしゅう、と鼻息が漏れる。

「調べました。どう調べたのかは申し上げられません」

晴海は答えた。何の感情もこもっていない声で、

「如何《いかが》でしょう？　出来のいい脳をお持ちの男性なら、筋道の通った回答をされると思いますが」

と、あからさまな皮肉を付け加える。

俺はまたしても感心していた。この流れだと石坂は、感情的な反応ができない。怒鳴りつけることも、説教することもできない。はぐらかすことも無理だ。彼には答えるし

かないのだ。

傍で聞いていても正気とは思えない過ちについて、理路整然と。

石坂の見開かれた目は、いつの間にか真っ赤に充血していた。テーブルに置かれた手は固く握られ、ぶるぶると震えていた。

俺は事態を見守っていた。石坂はしばしの沈黙の末、

「……酒だよ。酔っていたんだ」

と、絞り出すような声で言った。

「アルコールは脳の活動を抑制する。調整をすることができなかったわけだ。つまり不可抗力」

「なるほど」

晴海は大げさに相槌《あいづち》を打つなり、

「つまり、石坂さんの前立腺は普段からそのような思考をされている、ということですね。それが脳のフィルターをすり抜け、非論理的な行動に結びついたと」

と言った。

石坂の顔がさらに黒ずんだ。頬が痙攣《けいれん》し鼻が膨らみ、しばらく言葉に詰まっていたが、やがて、

「……理屈には合ってるだろうが。というより、オスの論理としてはむしろ正しい」

低く震える声で、そうつぶやいた。

「というと？」

間髪を容《い》れずに晴海が訊いた。

「つまりだ」石坂は声を張ると、「前立腺は生殖器、つまり種を繁栄させるための器官だ。生命という観点からすれば最も重要だと言っていい。だからその思考は原始的で動物的なんだ。オスの部分ってやつだ」

一呼吸置いて、

「オスはメスを己の遺伝子を与えるに相応《ふさわ》しいか否か見定める。自分の子を産むに値するか審査する。そしてめでたく審査に通ったメスをモノにする。それは時として暴力的な行動を伴なうこともあるだろう。人間社会とは相容れないこともあるだろう。あの時の俺はまさにそういう状態だったわけだ」

晴海が何か言おうとする前に、石坂は前のめりになると更に、

「俺の行動は人間社会のものさしで考えれば非論理的だったかもしれない。だがな、オスとしては論理的だったんだ。種の保存という目的から考えれば、何も間違ったことはしていない。理屈で考えてそうなる。正常に機能して論理的に検閲している、今の俺の脳髄で考えるとな」

そう言うと、顎《あご》を突き出してふんぞり返った。後半はほとんど怒鳴り声だった。自分の言葉に興奮したのだろう、荒い息を吐いて、忌々しそうに晴海を睨《にら》み付けていた。

晴海は飛んでくる唾《つば》を避《よ》けようと、途中から露骨に上体を反らしていた。やがてゆっ

くりと姿勢を戻すと、

「動物界において、交尾を拒否したメスをオスが傷付けるケースは寡聞にして知りません。それは種の保存という命題にも反している。つまりオスとしても非論理的です」

「お、お前」

「下手にオスがどうの生殖がどうのと理屈を捏《こ》ねるより、人間の感情的で軽率な行為だと考えた方が説明がつきます。例えば――」

晴海は静かな声で、

「――勇気を出して誘ったところ、すげなく断られてカッとなった。というのは如何でしょう？」

「うるさい！」

石坂が怒鳴った。テーブルを叩《たた》くと、

「あの女から聞いたんだろ？　言っとくけどそれはあいつの勝手な言い草だ。そもそもな、俺だって誘いたかったわけじゃないんだ、あいつが気のあるフリして散々」

「存じ上げません」

きっぱりと晴海は答えた。記憶を探るように遠くを見て、

「それに、当の女性は貴方《あなた》に特別な感情は抱いていなかったそうですが」

「ふざけるな、そんなわけないだろ、だったらなんであんな短いスカート」

「スカート？」

晴海はわざとらしく目を丸くして、

「服の丈で相手の好意のあるなしを判断するのが、前立腺《せん》の」

「もうその話はいい！」

石坂は再びテーブルを叩いた。障子の向こうから「ひっ」と驚く声がする。店員だろうか。

はあはあと肩で息をする石坂に、俺は「まあ落ち着けよ」と声をかけた。興奮冷めやらぬ様子の彼は、大きく舌打ちした。ずかずかと大股《おおまた》でテーブルを回り込み、障子に手を掛けて――

そこで動きを止めた。棒立ちのまま動かない。障子を開けようともしない。何をしようとしたのか思い出せない。そんな素振りで首をひねる。

「どうした？　トイレなら右手の奥だ」

俺は彼の背中に声をかけた。

「……いえ」

石坂は長い溜息《ためいき》を吐くと、再び自分の席に戻った。どすんと座布団に尻《しり》を落とす。表情は虚《うつ》ろだった。

晴海がてきぱきとテーブルを拭《ふ》き、彼のグラスを再び満たす。石坂は一気にビールを飲み干した。ついさっきまでとは打って変わって、沈んだ顔をしている。

テーブルに視線を落としながら、彼は、

「……あの女がいなければ、こんなクソみたいな人生送ってなかったんだ」

とつぶやいた。青ざめた唇から次々に、

「医者の道を断たれることもなかったし、あんな三流大学に行くこともなかったんだ。こんなクソみたいな会社でクソみたいな仕事をすることも……」

「穏やかじゃないなあ」

俺は肘《ひじ》で石坂を小突いた。彼はぼんやりした目で俺を見ると、ようやく我に返ったのか「すみません、言いすぎました」と機械的に頭を下げた。

俺は心の中で合点していた。だからこいつはここにいるのだ、と。

石坂は頭が切れる。容姿だって決して悪くない。にもかかわらず女受けはサッパリだ。むしろ社内では嫌われていると言っていい。「偉そうだ」「敬意がない」と散々な評価をされているらしい。仕事にも覇気が感じられないし、部長からは「敬意がない」と煙たがられている。実際、下らない理由で反抗したり、不遜《ふそん》な態度を取ることも多い。俺に対しても。

つまり、石坂は今の自分が不満なのだ。今の人生が嫌で嫌で仕方ないのだ。

そしてそれを全て、さっき晴海が言った事件の——被害者である女のせいにしているのだ。その鬱憤《うっぷん》を晴海にぶつけるために、この酒席に毎度参加しているのだ。

分かってみれば全てがピタリとはまる。晴海はわずかなやり取りでそれを暴いた。大したものだ。今までとは偉い違いだ。

俺は晴海を観察する。彼女は何事もなかったかのようにビールを飲んでいる。いつもなら少しの量で瞼《まぶた》まで真っ赤になるのに、今日は頬すら紅潮していない。

彼女はジャケットのポケットを探った。中から摘《つま》み出したのは煙草のソフトケースだった。一本抜いて咥《くわ》え、慣れた動作で火を点《つ》ける。

これもまた意外だった。問い質《ただ》そうとしたところで、

「へえ、煙草吸うんだ？」

小崎が嫌悪の表情を浮かべて訊《き》いた。

「ええ」

晴海は白い煙を長々と吐き出す。

「どうなのそれ？　女の子の喫煙は子供によくないんじゃない？」

「妊娠はしていませんし、する予定もありません」

「いや、そういうレベルの話じゃなくてさ」

小崎は反撃だと言わんばかりに、

「子供産むためにできてるわけでしょ、女の身体って構造的に。子宮があってさ、あとはほら、産道とか」

へへへ、と下卑た笑い声を上げる。

「その辺のこと考えない子は嫌いだなあ。ナシだわ、煙草吸う女って」

晴海の片眉《まゆ》が上がった。ここへ来て初めて感情を露《あら》わにしている。不快そうに紫煙を吐き出す。

小崎は大げさに手をパタパタとやって、「結婚できないよ、そんなんじゃ」と更に続ける。

「その予定もありません」

晴海がそっけなく返す。

「いや、だってあとは結婚しかないじゃん晴海ちゃんは。仕事できないんだしさ。永久就職っていうの？　そのコース潰《つぶ》したら路頭に迷うよ」

そう言うと、小崎は「あっ違うわ」と大げさに膝《ひざ》を叩いて、

「仕事も結婚もダメなら、風俗があるじゃん。最近はほらマニア向けの店って結構あるし、晴海ちゃんも需要あるって絶対。有名なところだと鶯谷《うぐいすだに》の」

店名を挙げると、ひゃはは、と甲高い笑い声を上げた。つられてくすくすと石坂も笑う。ようやく落ち着いたのか、普段の顔色に戻っていた。目を爛々《らんらん》と輝かせ、会話に加わる隙をうかがっている。

晴海は黙って小崎を見つめていた。

四

不味《まず》いな、と俺は思っていた。今までとは勝手が違う。

どういう理由かは分からないが、今日の晴海はいつもとは別人だ。理性的に思考し発

言している。冷静に対処し臨機応変に話を進めている。小崎や石坂なんかよりもずっと。

要するに、ここに呼んで酒の肴《さかな》にするような相手ではないのだ。むしろこの場に相応《ふさわ》しくない、それどころか一番呼んではいけないタイプの女だとも言える。少なくとも、今この瞬間の彼女は。

となれば事態は深刻だ。

「ケンちゃんはアリなの？　晴海ちゃんが煙草吸うのオッケーなの？　あ、子供要らないならいいのか。それとも草食系ってやつかな。実際さ、月に何回くらい――」

さっきからの小崎の発言は、どう取り繕ってもセクハラ、パワハラの類《たぐい》だ。録音でもされた日には大変なことになる。そして今の晴海なら、実際に録音していてもおかしくはない。既にレコーダーを回していても。

騒ぎになれば減給、下手すれば降格か左遷だ。

この程度のことを犯罪か何かのように言い立てる風潮は気に入らない。大変な日々を生きるうえでのささやかな潤滑油だとすら思っている。それに俺たちが若くて容姿に優れていれば、晴海はセクハラなどとは認識すらしないだろう。女なんてそんなものだ。結局はより優れたオスを選ぶのだ。子宮で考えて、メスの理屈に沿って。

だが今の世間にその理屈が通じるとは思えない。

晴海の視線に気付いていないのか、小崎はますます勢いづいて熱弁を揮《ふる》っていた。

「いいよなあ、女は人生イージーモード――」

「おい小崎」

俺はそう遮った。焦ったせいか、きつい口調になっていた。小崎が笑顔のまま固まる。

俺は笑みを返すと、

「ちょっと酔っ払っているようだな。いつもより量も多い」

と、声を大きめにして言った。

「仕事のストレスも溜《た》まってたんだろう、ここのところ忙しかったし、ロクに眠れてなかったんじゃないか？　それで今日は羽目を外しすぎたってわけだ。そうだな？」

「いや、別に最近はそうでもな――」

「そうなんだろ？」

再び語気を強めて訊く。小崎はぽかんと口を開けて、「は、はあ」とよく分からない様子でうなずいた。

煙草を揉《も》み消している晴海に向き直って、俺は、

「すまない、さっきから少し、みんな感情的になっていたようだ。代表してお詫《わ》びする」

と言った。晴海は表情を変えずに、

「いえ、とんでもない」

わずかに頭を下げた。

「気を悪くしたなら、勘弁してほしい。だから」

「ご心配なく」

晴海は両手をテーブルの上に差し出すと、

「会社に報告するつもりも、法的手段に出るつもりもありません」

と言った。身振りは丸腰であることを示しているらしい。つまり録音などしていないと。ようやく事態に気付いたのか、小崎が真顔になった。露骨に晴海から離れる。石坂が再び表情を硬くする。

ホッとしかけている自分に気付いて、俺は気を引き締める。油断してはならない。女は平気で嘘を吐くからだ。

やるとなったら信じられないほど図太くなれるのだ。

「傷付いたとか、嫌な思いをしたとか、そういうことがあるなら、遠慮なく言ってほしい、部署で共有して、改善する方向で動くつもりだ」

「特にありません」

晴海は首を振ると、

「万一そんな気分になったとしても、対処法がありますので。こう考えるようにしているんです。これは――胎児の夢だと」

と、よく響く声で言った。

俺は呆気《あっけ》に取られて、彼女の顔をまじまじと見た。言葉の意味はすぐに分かったが、意図はまるで分からなかった。

「どういうことだ……？」

思わずそう訊いてしまう。

「辛《つら》いことも苦しいことも、いずれ終わるということです。それ以前に現実ではないと。先祖の記憶を母親の胎内で反芻《はんすう》しているだけ。母親の心が分かって恐ろしいだけ――」

「いや、それは分かる。俺も当然読んでるからな、若い頃に」

　俺は手を振りながら、

「そうじゃなくてな、俺が訊いてるのは、何でこの流れでそんな」

「この流れだからこそですよ」

　晴海は謎めいたことを口にした。再び微笑を浮かべると、

「続けましょう。この話は都合がいい」

　そう言って、再び煙草に火を点《とも》した。小崎が顔をしかめたが、何も言わずに視線を逸《そ》らした。

五

「前にも、そんなことを言ってたな。胎児の夢。お前がうちに来たばかりの頃だ」

　晴海の真意を測りかねたまま俺は話し始めた。こいつのペースに巻き込まれるのは避けたい。とりあえず雑談で探りを入れるつもりだった。

　晴海は目の動きだけで疑問を示す。覚えていないのか。

「ほら、親御さん――お袋さんの借金か何かで、バタバタしてた頃があったろ。それで

相談に乗った時にさ」

「ああ、あの時」

彼女は何度かうなずくと、「その節は大変お世話になりました」と目礼をした。

「いや、いいんだ」俺は笑顔で、「いろいろ大変なのは分かるよ。胎児の夢とか言いたくなるのもさ」

「お気遣いありがとうございます」

今度はわざわざ煙草を灰皿に置いて頭を下げる。機嫌を直したのか。いや、まだ安心はできない。しばらくは当たり障りの無い話をした方が無難だろう。

「俺もさ、若い頃はそう思ったことがあるよ。それこそ仕事がキツい時や、プライベートで上手《うま》く行かなかった時にさ。今で言うとあれか、止まない雨はない、みたいな」

晴海はきょとんとした顔で俺を見返した。俺はまたここで新たな異変に気付く。彼女は流行の曲が好きなはずだ。通勤中にイヤホンでよく聴いている。

訝《いぶか》りながらも俺は話を続ける。

「しかしまあ、世知辛い話だな。あれだけ奇書とか言われてて、実際読んでフラフラするくらいハマッても、結局はなんだ、居酒屋談義で使われてしまってるってのが。庶民感覚すぎるっていうか」

なあ、と石坂たちに話を振る。二人とも「そうですねえ」「寂しい話ですよ」と気のない同意をする。

「それでいいと思いますよ」

晴海が凜《りん》とした声で言った。「夢に関する仮説や論は、例えば古代中国でも似たような使われ方をされていたはずですから」と続ける。

「それはお前、あれだろ」俺は彼女を指差して、「ほら——胡蝶《こちょう》の夢だ」と言った。

「何かで読んだから、ちょっとは分かるぞ。そうだ、『荘子《そうし》』だ。荘子、いや荘周《しゅう》がチョウチョになった夢を見て、自分が荘周であることを忘れてチョウチョとして過ごす。そしたら目が覚めて、どっちがどっちだって話だ」

「ええ」

晴海は大きくうなずくと、

『周の夢に胡蝶と為るか、胡蝶の夢に周と為るか——『荘子』斉物論《せいぶつろん》篇の末尾にある、有名な一節です」

「それが何で庶民感覚なんだ。たしかお前、中国の思想はあれだろ、全部政治についての話じゃないのか。王様が国を治めるためのさ」

『『荘子』は別です」

晴海は煙草を深々と吸うと、

「荘子の思想は万物斉同。シンプルに言えば俯瞰《ふかん》と相対化です。それらを究極まで推し進めた結果、国家も政治も、それどころか現実すらも、思い悩むに値しないとまで論じている。胡蝶の夢はその喩《たと》え話です。夢と現実に区別や優劣はない」

「ほう」

俺は戸惑いながら相槌《あいづち》を打つ。晴海は更に、

「要するに浮世離れしているのですよ。空想的だといっていい。だからこそ厳しい現実をやり過ごすため、悩み苦しみを退けるために使える。胎児の夢と同じように」

「なるほど」

ここで繋《つな》がるのか。それなりに合点が行きつつ、俺はまだ彼女の企《たくら》みが読めずにいた。こんな話をして何になるというのか。とはいえ、この話題なら万一録音されていても何の不都合もない。

「同じ斉物論篇に、こんな記述があります」晴海は淡々と、「其《そ》の夢みるに方《あた》りては、其の夢なることを知らず、夢の中に又た其の夢を占い、覚《さ》めて後に其の夢なることを知る――夢を見ている間は、それが夢だと気付かない。夢の中で夢占いをして、目が覚めて初めて夢だと分かる。おそらくはこれを読んで、当時の人たちも空想したのでしょう。この辛い夢もいつかは覚める、と」

「すごいねえ晴海ちゃん」

小崎が皮肉めいた口調で言った。煙草の煙を手で払いながら、

「お勉強してきたんだ？」

と訊《き》く。さすがにこの手の知識を「彼氏の影響」と断じるのは無理がある。そう判断しているらしい。

「一方で」晴海は豪快に小崎を無視して、「その少し前にこんな文章もあるのです。夢に酒を飲む者は、旦《あした》にして哭泣《こくきゅう》す――夢の中で楽しく酒を飲んでいた者が、目が覚めて辛い現実に嘆き悲しむ、と」

と言った。煙草を灰皿に押し付けると、小崎を向いて、

「荘子は本当に論理的だったのでしょう。目が覚めた先の世界の方が辛いかもしれない。その可能性を予《あらかじ》め織り込んでいるのです。今が満たされているからといって安心するなと警告している。そう――」

無表情でじっと見つめながら、

「――居酒屋で部下をからかうのがどれだけ楽しかろうと、そんなものは今この瞬間の話にすぎない。目が覚めてしまえばただの夢です。あとはひたすら」

辛い現実かもしれませんね。

晴海はそうまとめた。ほとんど囁《ささや》き声なのに、俺の耳にもはっきりと届いた。

小崎の顔は奇妙に歪《ゆが》んでいた。

「……え、何なの？」

唇をひん曲げ、無理に笑みを作って、彼は、

「辛い現実って？　俺がそんな人生送ってるって言いたいの？　アリなの？　先輩に対してそういうの」

「そうは言っていません。目覚めるまでは検証が不可能だと」

晴海は冷静に答える。

「ていうかさ」小崎は中腰になると、「これが夢なわけねえじゃん。何なのさっきから脳とか夢とか。お前がそれにすがってるってだけだろ？　周りまで一緒にしてんじゃねえよ。そんなに辛いなら——」

「死ねばいい、という単純な話でもないのですよ」

そう言うと、晴海は俺と石坂に向き直った。煙草を取り出して、

「荘子が相対化したのは夢と現実だけでは勿論《もちろん》ありません。美醜、勝敗、男女、有用と無用。健常者と障害者。それらはともに等価であると論じている。生と死も。つまりこの現実から逃避してはいけないのです。生きるのが辛いからといって死を選んではならない。なぜなら生と死に差はないから——万物斉同の思想を素直に受け取ればそうなります。実に周到な論理です」

「凄《すご》いな、まったく」

俺は思わず感嘆の声を上げた。小崎は何も返せず、呆然《ぼうぜん》と晴海を眺めている。彼女は「とはいえ」と憐《あわ》れむような視線を彼に向けると、「小崎さんがそう仰《おっしゃ》るのも無理はありません。荘子の思想は早い段階でそのような誤解をされている。後世の加筆とされる至《し》楽《らく》篇に、荘子の夢に髑髏《どくろ》が現れる挿話があります。そこで髑髏はこういう意味のことを言うのです——死後の世界は政治もなければ労働もない。王の暮らしでさえこれほど楽しくはない、と。つまり生よりも死に価値を置いている」

そう言うと悠然と煙草を吸う。

パチパチ、と石坂がわざとらしく拍手した。自分でビールを注ぐと、

「大したもんだよ、京極堂さん」

と、晴海のソフトケースを摑《つか》む。一本引き抜くと、「で、次はどんな知識を披露するんだ？　どんな憑き物を落としてくれる？」と、半笑いで咥《くわ》える。

晴海は紫煙を吐くと、

「胡蝶の夢のすぐ前に、挿話がもう一つ記載されています。文章の長さや内容からして、両者は密接に関連すると見なしていいでしょう。その挿話に登場するのが――」

そこで言葉を切り、ライターを石坂に差し出して、

「罔兩《もうりょう》です」

「な――」

「絶妙な合いの手をありがとうございます」

と、また微笑を浮かべた。石坂は忌々しげに、彼女の手からライターを奪い取った。

彼が一服するのを待ってから、晴海は、

「罔兩、景《かげ》に問いて曰《いわ》く――罔兩が影に訊《たず》ねた。お前はさっきまで歩いていたのに今は立ち止まっている。自分の意志や思考はないのか、と。影はこう答えた。私は人間の動作に従っているのだ。しかしその人間も、他の何かに従って動いているらしい――」

天井へと上る二人分の煙を見上げると、

「罔両とは日の差すところと影との境にある、ぼんやりした輪郭のことです。影が人間の動きを真似るのと同じように、罔両もまた影に沿って動く。しかし当人はそれに気付かない。それでいて影のことを『自分で考えない』と嘲笑《あざわら》う。或《ある》いは『お前ら女は子宮で考えるんだろう』などと。自分たちが一個の独立した存在であると信じて疑わず。立派な脳髄で考えていると思いこんで」

話が巡っている。次はどこへ向かうのか。皮肉な含みがあるのは気付いていたが、俺たちは口を挟むのを止めている。

晴海は煙草を手にしたまま、

「ひょっとすると、全身の細胞や臓器も、自分こそがこの人間の主体であると思いこんでいるのかもしれませんね。それどころか脳髄の存在すら知らないのかも。実際、脳髄が死んでも他の臓器はしばらく活動を続けます。これは医学的にも立証されている。つまり」

俺たち三人を順に見据えると、

「皆さんの今この瞬間の意識は、皆さん自身の脳髄で作られたものではないかもしれない、という理屈が成り立ちます。あるいは――脳髄がとっくに死んでいることに気付いていない、と」

と言った。

場が静まり返っていた。聞こえるのは彼女が煙草を吹かす音だけだった。障子の向こう、ホールからさえ何も聞こえて来ない。

「……何の話だよ」

石坂がそれだけつぶやいた。乱暴に煙草を揉《も》み消すと、

「またあれか、前立腺《せん》の話に戻るのか。俺たちは脳味噌《みそ》が死んでて前立腺だけで考えてるって」

「それを確かめることは貴方《あなた》自身では不可能だ、と申し上げているのです」

「じゃあ何か？　お前なら」

「ええ」

晴海は視線だけで障子を示して、

「さきほど石坂さんはホールへ出ようとした。トイレなのか、煙草を買いに行こうとしたのか、わたしには分かりません。いずれにせよ、貴方は実行には移さなかった。障子を開けることすらできなかった。これは何故でしょう？」

「いや、それはお前」

何かを言おうとして石坂は黙った。中途半端に振り上げた手がふるふると揺れている。

「当ててご覧にいれましょうか？」

晴海が訊いた。答えが返って来る前に、

「今の貴方にとって、現実はこのお座敷だけだからです。記憶と思考でお座敷の外を仮定できても、自分からホールへは出られない。というより出たくないのです。何故なら」

そっと立ち上がって、

「楽しい記憶はここにしかないからです。ここでしか楽しいと思えないからです」

俺たち三人を冷たい目で見下ろした。

「皆さん全員にとって。いえ——正確には、かつて存在していた三人にとって」

六

「いい加減にしろよ」

次に立ち上がったのは小崎だった。

「自分基準で考えるの勘弁して。ここで飲むのだけが楽しいって？」

仁王立ちになって晴海を見下ろす。

「違うのですか？」

晴海は真顔で訊《き》き返した。

「であれば、このお座敷以外の現実も楽しいと」

「決まってんだろ」

言うなり小崎は障子に手を掛けた。勢いよく引こうとして——そこで固まる。

彼は青ざめた顔で自分の手を見つめていた。

「開けて差し上げましょうか？」

晴海が訊ねると、小崎はパッと障子から手を離して壁際へ飛びすさった。こめかみに脂汗が光っている。壁に背を付け、怯《おび》えた目で彼女を凝視している。

「……お、お前」

「どうかされましたか」

白々しい口調で訊くと、晴海は石坂に視線を移す。

「石坂さんにとってあの時の出来事は大きなショックでした。それからの人生を決定付けた、いわば分岐点だと認識していた。だから記憶している。忘れられずにいる。楽しい記憶と切り離せずにいる。ですが」

ゆっくりと小崎に顔を向けると、

「貴方はおそらく何も覚えていない。ここで部下をからかい、侮辱して楽しむこと以外は。それらを実行できるこの場所以外は。違いますか?」

小崎は何も答えなかった。あわあわと口を開け閉めして、ただただ彼女を見ていた。

「おい小崎」

口を開いたのは石坂だった。「そんなことはないよな? いくらなんでも本当に忘れてるなんてことは」

「いや、それが」

それだけ言うと、小崎はカクカクと首を振った。石坂が息を呑《の》む。

「石坂さんは如何《いかが》ですか? 例えば今日のお仕事は」

晴海が訊く。石坂は「いや、それはさ」と苦笑しながらも、

「朝からこの三人で出張だった。福岡支社だ。予定より早めに仕事が済んで、飛行機で羽田《はねだ》に戻って、そこからみんなでタクシーで」

「それから？」

「移動中にお前を誘った。連絡したのは小崎だ。お前も覚えてるだろ。後は――」

石坂はそこで言葉に詰まった。信じられないといった表情で自分の頭を摑む。

「覚えていらっしゃらないでしょうね。それに」

晴海はテーブルの煙草を手にすると、

「いま石坂さんが仰ったのは、五年半前のことです」

と言った。

石坂の顔は、今度は真っ白になっていた。生唾《なまつば》を飲むのが喉《のど》の動きで分かった。

俺もまたつられて唾を飲んでいた。今日の記憶が石坂の発言と同じだったからだ。そこまでしか思い出せなかったからだ。しかも晴海によれば、それは今日の話ではないという。

「どうなっているんだ……」

知らない間にそんな言葉が口から漏れ出していた。

「簡単なことです」

晴海は鼻から勢いよく煙を吐き出すと、

「貴方がた三人はとっくに死んでいるのですよ。五年半前に交通事故で。すぐそこの表通りです。乗っていたタクシーがトラックと正面衝突して」

「いや、そんなことは」

「全細胞の思考や記憶は脳に集められて制御され、胎児にも受け継がれる」

彼女は声を張った。すぐさま、「つまり肉体の中、有線ならばデータの移行や保存ができる。脳髄論はそれを前提にしています。では無線での移行はどうでしょう。大気中や物体中での保存は？　わたしはそれも可能だと考えます。なぜなら」

言葉の合間を縫って口を挟もうとしたところで、

「そう考えると、いわゆる幽霊なり怨霊《おんりょう》なりの存在が説明できるからです。貴方がたに教えることもできる。お前はもう死んでいる、と」

「馬鹿な！」

俺は笑った。性質《たち》の悪い冗談だ。晴海は俺たちをからかっているのだ。今までの仕返しに。

「では課長、ご自分のお名前は覚えていらっしゃいますか？」

そう訊くと、晴海は灰皿を摑《つか》み上げた。煙草をトントンと端で叩《たた》いて灰を落とす。俺はその様子をただ眺めている。頭は激しく動いていた。記憶を搔《か》き混ぜ情報を抽出しようとしていた。

何も出てこなかった。自分の名前も。それらしき文字列も音も。幼い頃の記憶も学生時代の思い出も。

親の名前も。女房も子供も。それどころか彼ら彼女らの顔も声も、一緒に過ごした記憶も。そもそも子供がいるのか、結婚しているのかさえも。会社の名前も。どんな仕事をしていたのかも。

石坂は分かる。隣で呆然《ぼうぜん》としている部下だ。

小崎も分かる。壁に張り付いたままの部下だ。

だったら俺は誰だ。何者なのだ。

「課長」

晴海の声がした。途端に彼女のことが頭に浮かんだ。面接でのおどおどした様子。入社式での緊張ぶり。歓迎会で酔いつぶれた姿。会社の廊下で呼び止めたこと。会議室。給湯室。メールのやり取り。ここに呼び出した最初の頃。小崎と石坂を呼ぶようになって、こいつなら大丈夫だと確信を得て、それから毎週、いや二日に一遍は。

「貴方《あなた》が明確に覚えているのは、かつての牧野晴海さんだけです」

その言葉どおりの自分に気付いて、俺は顔を上げた。

晴海が無表情で俺を見下ろしていた。小柄で黒髪。濃い眉《まゆ》。冷たい目。いつもの晴海だ。俺がはっきりと記憶している、まさにその――

いや、違う。

これは晴海ではない。別人だ。知らない誰かだ。

「現在の牧野さんは、仕事もプライベートも充実しているようです。ケンちゃんさんと一昨年《おととし》に結婚されて、昨年にはお子さんも生まれました。来月には課長に昇進することが決まっているとか。他の社員との関係も良好だそうです」

知らない女は煙草を咥《くわ》える。黒い手袋が口元を隠す。

「貴方がたは脳髄で制御されていない、思考と記憶の残り滓《かす》です。個人の意識が途絶え肉体が死を迎えた後、細胞から漏れ出し大気中を彷徨《さまよ》い、ここに溜《た》まったデータの断片。肉体にとっての影。影にとっての罔兩《もうりょう》。自分がいち個人であり、この現実世界で王よりも楽しく生きているという夢を見続ける――」

幽霊ですよ。

女はそう言うと、ふう、と俺めがけて煙を吐いた。

ぐらりと座敷が揺れる。目眩《めまい》を覚えて畳に両手を突く。女の氷のような顔が歪《ゆが》む。

「だ、誰だ」

「霊能者、と言っておきましょうか」

女はそう答えた。

煙が座敷を漂っている。小崎が声にならない叫びを上げて尻餅《しりもち》を搗《つ》いた。石坂はテーブルに突っ伏して震えている。

「毎晩のように騒いでいたんですよ、貴方がたは」

女は憐《あわ》れむような視線で俺たちを見回して、

「ここに座ったお客を牧野さんだと思い込んで聞くに堪えない言葉を浴びせ、大きな音を立て、時には物を投げて。何時間も、そして五年半にわたって」

畳を歩き回りながら、次々に煙を吐き続ける。

「オーナーはあらゆる手を尽くしましたが、他の方々では太刀打ちできなかった、と聞いています。大した執念です。よっぽどここが恋しかったんでしょうね」

視界が白く曇る。女の声がくぐもる。

「ひょっとすると貴方がたは、本当に前立腺《せん》から漏れ出た思考と記憶なのかもしれませんね。脳を経由せずオスの理論とやらに沿って動く。そう考えれば腹も立たない。ですが――」

啜《すす》り泣いているのは小崎だろうか、石坂だろうか。それとも俺だろうか。辺りは真っ白で自分の手すら見えない。

俺は死ぬのか。死んでいるのか。いやまさかそんなはずはない。これはきっと夢だ。胎児の夢だ。そうであってくれ目覚めてくれお願いだ。

叫んだはずが聞こえない。目を凝らしても見えない。考えようとしても何も考えられない。ただ女の声だけがする。

「牧野さんや会社の方々から聞く限り――」

重く低く、地獄から響くような声で、彼女は、

「――生きていた頃も、ろくに脳を使っていなかったようだな、お前ら」

悲鳴

キャンパスからほど近い井須間《いすま》山の頂上は、かつて市内が見晴らせる絶景スポットとして有名でした。しかし今では人が来ることは滅多にありません。

この場所で人が殺されたからです。

当時在学していた女性が、交際相手の同級生に絞殺されたのです。彼女は悲鳴を上げて逃げ惑いましたが、ハイヒールが脱げて転び、馬乗りで首を絞められて絶命しました。相手の男性はすぐ近くの木で首を吊《つ》りました。

以来、山頂に行った人はしばしば女性の叫び声や、呻《うめ》き声を聞くそうです。

男性の霊を見た人、霊に追いかけられた人もいるそうです。

不思議なこと、奇妙なこともあるものですね。

（推理SF心霊サークル『井須間大学【裏】ガイダンス』より）

一

「助けて！」

赤城千草《あかぎちぐさ》は叫びながら走った。木の根につまずいて転びそうになる。右足のヒールが脱げたが構ってはいられない。ほとんど無意識に左のヒールも脱ぎ捨てる。

すぐ後ろに気配が迫った。

「誰か！」

再び駆け出す。茶色い松葉が積もった地面は踏み込むと沈んでしまい、思ったように前に進めない。それでも彼女は懸命に逃げた。松の木を避け、「井須間山　標高百三十五メートル」と書かれたみすぼらしいパネルを通り過ぎて獣道に差し掛かる。

瞬間、背後から首を摑《つか》まれた。革手袋の感触。聞こえるのは荒い息遣い。

チイイ、と機械の駆動音がした。

「きゃああああああ！」

千草は思い切り悲鳴を上げた。

「カットカット！」

大きな声で山岸《やまぎし》が言った。困り顔で「うーん、悪くはないけどねえ」と腕を組む。岡《おか》本《もと》が千草の首から手を離してハンディカムの液晶に触れ、録画を止める。

山岸の後ろで仁王立ちした伊勢原《いせはら》が、

「愛が足りないなあ。ホラー愛が」

とニヤニヤしながら言った。これでもう四度目のNGだ。

思わず溜息《ためいき》が漏れた。足の裏に痛みを覚える。松葉が刺さっているらしい。松の木に手を突き、足の裏を見ようとしたところで、足元にサッとスポーツサンダルが差し出された。

演劇部の犬飼伸介《いぬかいしんすけ》だった。精悍《せいかん》な顔に笑みを浮かべている。

「さっきよりずっとよくなってるよ。間違いなく」

「……ありがとう」

千草の心がわずかに晴れた。足の裏の松葉を払い、サンダルを履く。

井須間山の頂上から見下ろす十月の午後の町並みは、曇り空のせいもあってか陰鬱《いんうつ》で閑散として見えた。

同じ二年生の山岸に、文学部棟の講義室で「自主映画に出演してくれないか」と依頼されたのは先月のことだった。一講目、日本文学の講義が始まる直前。

彼とは同じ講義をいくつか受講しているだけで親しくはなく、映画同好会に所属していることすらその時まで知らなかった。

山岸は早口でまくし立てた。

ホラー映画を撮る、短編で台本はもうすぐ完成する、洋画ホラーとJホラーの折衷的な作品で、赤城にはよくあるタイプの犠牲者役を――

「え、でも」

千草は戸惑いながら首を横に振った。

「わたし演技の経験ないしホラー映画も――」

「いや、見た目的にいい感じだし、ちょっとしか出番ないから」

「演劇部の子に頼んだらいいいんじゃない？」

「みんな断られたんだよ。お願い。お願いします」

お断りします、と言おうとした瞬間、

「殺人鬼の亡霊役は、犬飼っていう演劇部のやつが出てくれる」

山岸が言った。

出演を承諾したのはその一言が理由だった。冒頭に少し登場し序盤で殺される端役で、衣装もメイクも自前。それでも引き受けたのは犬飼と共演できるからだった。講義以外で話す機会も増える。今よりずっと親しくなれるだろう。

千草は演劇部の二年生、犬飼に昨年の秋頃から少なからず好意を抱いていた。

だからこんな現場も何とか耐えることができていた。

犬飼が一緒でなければ「足をくじいた」「お腹が痛くなった」と適当なことを言って逃げ出していたかもしれない。撮影初日だというのに千草は早くもうんざりしていた。

映画同好会――実質「ホラー映画同好会」のメンバーは、誰も彼もが異質だった。ネジが飛んでいると形容したくなるほどだった。

渡された台本には「『サスペリア PART2』のオマージュ」「『ゾンゲリア』のパロディ」とよく分からない注釈がびっしりと、わざわざ太字で書かれていた。「殺人鬼の亡霊が次々に人を殺す」だけで物語らしい物語はなく、仮タイトルの「悲鳴」だけが普通に思えた。

キャスト欄の記述にも首を傾げた。「殺人鬼の亡霊：犬飼イングランド」「犠牲者A：りーたんハーパー」「犠牲者B：江藤《えとう》ユーレイ」「犠牲者C：千草バリモア」……これもホラー映画の俳優の名が下敷きになっているらしい。敬意を表するのは自由だがせめて事前に教えてほしかった。

違和感は撮影で更に膨れ上がった。

山岸のディレクションは知らない映画のシーンを引き合いに出してばかりで要領を得ない。岡本は私と一切目を合わせずハンディカムの液晶ビューアを見ているか、そうでない時は他のメンバーに耳打ちしてクスクス笑っている。

部長の江藤は今日は不在だった。面接があるという。まだ内定をもらっていないらしい。仏像のような容貌《ようぼう》で人当たりもよいが、時折口にするギャグがホラー映画を踏まえたものばかりで、初めて会った時は愛想笑いしか返せなかった。

在籍メンバーはこの三名、同好会にしても少なすぎるが、理由は察しが付いていた。

「そもそもホラー映画における女性の悲鳴っていうのはさあ」

伊勢原が話し始めていた。

「細部であると同時に肝なわけ。これ一つで本編のクオリティは天と地ほど変わってくる。悲鳴と逃げ惑う姿が真に迫ってるってだけで、女優としては大成しなかったけど以降もずっとファンに愛されてる人もいるしね。例えばマリリン・バーンズ――」

知らない女優の名前を次々に挙げる。太った身体を揺すり、膨らんだ頬には汗が光っている。どう見ても三十過ぎの風貌《ふうぼう》。

山岸に聞いたところOBらしいが、部室に挨拶《あいさつ》に行った時も江藤を差し置いて上座に陣取っていた。今日も今日で監督の山岸よりたくさん指示を出している。台本のスタッフクレジットには「全機材提供」という見たことのない言葉が書かれていて、そこに彼の名前が記されていた。

金の力で同好会を牛耳り威張り散らす厄介なOB。そんなところだろう。会員が少ないのも、山岸や岡本がうんざりした様子ながら口を挟まないのも、きっとそのせいだ。

「――だからもっと愛を込めて、ホラー愛を。敬意を」

「はい」

伊勢原が言った。二言目には「愛」だ。口癖らしい。

千草はそれだけ返した。傍らで犬飼が肩を竦《すく》める。自分と同じく違和感を覚えているらしい。

「難しいね」と千草は言った。

「わたしそんなにホラー観てないから」

「僕も」犬飼がうなずく。「あ、でもこないだ『呪怨《じゅおん》2　劇場版』観に行ったよ。参考になるかと思って」

「のりピーが出てるやつ？」

「うん。結構怖かったよ。怖すぎて笑っちゃうくらい」

ぶるりと全身を震わせる。芝居ではないらしい。そんなに怖いのか。いまさら参考にはできないが犬飼がそこまで慄《おのの》く映画とはどんなものか、単純に興味が湧く。

「観てみようかなあ」

「いいんじゃない？　まだ上映してるはずだから――」

「劇場版が怖いってえ？」

呆《あき》れた声が響き渡った。伊勢原が憤然として、

「『呪怨』はビデオ版の一作目だけが傑作に決まってるじゃないか。二作目は蛇足、劇場版の二作は知名度のあるキャストに替えただけの二番煎《せん》じ、いや正確には三番煎じと四番煎じだ。出涸《でが》らしもいいところだよ。悪しき商業主義の産物という常套句《じょうとうく》がこれほど相応《ふさわ》しい映画もないね。なあ山岸？」

不意に話を振られた山岸は「あっ、そうですねえ」と作り笑いを浮かべると、

「劇場版も嫌いじゃないですよ。やっぱビデオ撮りよりフィルムの方が……」

「おっ出たよフィルム原理主義者。いるんだよねえ。あれだろ？　『劇場で観ないと映

画を観たことにはならない』って言うんだろ？」

「いやいやそこまでは。あと二番煎じみたいなのでも面白いのはありますしね。『死霊のはらわたII』なんて一作目のラストを引き延ばしてるだけですけど……」

ホラー映画談義が始まった。岡本も参加するが小声で聞き取れない。撮影再開はいつになるだろう。

いつまでこんな場所にいなければならないのだろう。

「赤城さんは信じてる？」

唐突に犬飼が訊《き》いた。

「ほら、無理心中した男女の霊がここに出るって話。悲鳴が聞こえるとか」

「……信じてはないけど、ちょっと厭《いや》かも」

千草は素直に答えた。教授の悪口や大学の噂話を集めた冊子『井須間大学【裏】ガイダンス』に載っていた、怪談めいた話。

入学して間もない頃、どこかのサークルのメンバーに手渡されて読んだ記憶があったし、学生たちの間ではそれなりに噂にもなっていた。友達の知り合いには実際に悲鳴を聞いた人もいるというが、千草は真に受けてはいなかった。

いわゆる心霊やオカルトには何の興味もない。でも事件が起こったと噂される現場に進んで足を運びたくはならないし、長居したいとも思わない。

だからそんな場所をわざわざ選んで撮影する、映画同好会メンバーの神経は理解しがたかった。怖いと思わないのだろうか。厭な気持ちにならないのだろうか。

「僕も」犬飼は再び同意を示した。「先入観かもしれないけど、何となく不気味な感じがする」

首を縮める。視線は周囲を彷徨《さまよ》っている。千草もつられて辺りを眺め回す。

ねじれた松の木々。白茶けた地面のそこかしこに尖《とが》った岩が突き出ている。その間には痩《や》せた老人の手足のような木の根。青い水鉄砲が遠くに転がっている。ピンクの縄跳びも、錆《さび》だらけの細い空き缶も。

薄暗さも相まって陰気だった。木は茂っているのに生きている気配がまるでしない。

伊勢原たちは変わらず議論を続けていた。

「あのさ」千草は小声で訊《たず》ねる。

「ホラー好きな人って、怖さの感覚が麻痺《まひ》してるのかな」

「だろうね」

犬飼は一瞬顔をしかめると、

「それで愛とか言ってるんだから、もう下々の人間には与《あずか》り知れない世界だよ」

皮肉めいたことを口にした。

「はい、じゃあ撮りましょうか」

山岸が声を張った。伊勢原はまだ何か言いたそうな顔で黙り、犬飼が「じゃ、頑張ってね」と歩き出す。千草はハイヒールを履き直し、最初の位置へと戻った。

岡本がハンディカムを構えた。レンズの前に手のひらをサッとかざすと、

「回りました」

かすかな声で告げる。

「いきまーす」

山岸がのんびりした声で言った。千草は段取りを頭の中で確認する。岡本から逃げ惑い、首を摑《つか》まれたところで叫ぶ。単純な芝居だ。

「用意……」

カチンコを鳴らす助監督はいない。そんなに複雑な構成ではないから大丈夫なのだろう。千草は山岸の声を待った。合図から三秒後に走ればいい。カット繫《つな》ぎがスムーズにできる。犬飼からそんなアドバイスをもらっていた。

井須間山の頂上が沈黙に包まれた。緊張が高まる。

「……え？」

山岸の気の抜けた声がした。すぐに「あ、ごめんなさい、止めます」と詫《わ》び、きょろきょろと辺りを見回す。

千草の全身から一気に力が抜けた。

岡本が録画を止める。犬飼が首をかしげている。

「ちょっとちょっと監督ぅ、役者さんのテンション下がっちゃうだろ？」

伊勢原がいかにも言いそうなことを言った。

「いや、すみません」

山岸はしどろもどろになりながら、

「悲鳴が聞こえた気がしたんで。女の人の」

と言った。

山岸はその後何度も撮影を止めた。「声がした」「叫び声が聞こえる」という。彼以外は誰も聞いていなかった。もちろん千草もそれらしき音すら耳にしていない。七度目に中断した直後、全員でテープを確認してみたがやはり悲鳴など記録されていなかった。

次第に全員が言葉少なになっていった。

いよいよ辺りが暗くなり、「もう後日にしよっか!」と伊勢原が自棄《やけ》気味に言った瞬間、辺りに安堵《あんど》の空気が流れた。

千草もほっとしていた。延期は面倒だがそんなことより一刻も早くこの場を離れたくなっていた。

揃って下山してすぐ解散した。同好会のメンバーはサークル棟に戻るという。犬飼と二人で住宅街を歩いて駅まで向かったが、会話は弾まなかったし二人きりで嬉《うれ》しいとは少しも思えなかった。

「実はさ」

駅前のロータリーで別れる直前、犬飼は暗い顔で、「僕も聞いたような気がしたんだよね、キャーッて。最後の方で一回だけだけど」と言った。「まあ空耳だよね、うん」と付け足す。

「……そうだよ。気にしすぎだよ」

ハハ、と乾いた笑い声を上げて千草は受け流す振りをした。

三つ隣の駅で降りてアパートまでの暗い夜道を歩いていると、いつの間にか早足になっていた。アパートが見えた瞬間さらに歩調が早まり、階段を上がる頃には小走りになっていた。

帰宅するとすぐにテレビをつけ、バラエティ番組を流しっぱなしにした。夕食は冷凍食品で済ませ、風呂《ふろ》もすぐに上がった。

ベッドに入ってからも電気は点《つ》けたままだった。

あくまで噂話だと何度も自分に言い聞かせた。だから霊なんかいない。悲鳴なんか聞こえない。全部気のせいだ。心の中でそう繰り返した。

それでも電気を消す気にはなれず、頭まですっぽり被《かぶ》った布団を除《の》ける気にもならなかった。

どうして彼はよりによってあのタイミングであんなことを。

犬飼を少しだけ恨みながら、千草は真っ暗な布団の中で溜息《ためいき》を吐いた。

二

翌週の土曜。午前十一時。

サークル棟の二階の奥。「映画同好会」「撮影中!」のパネルが貼られたドアを軽くノックする。ややあってドアが勢いよく開いた。咄嗟《とっさ》に後ずさる。手にしたレジ袋がガサリと鳴る。

「いらっしゃい」

山岸が薄笑みを浮かべて頭を掻《か》いた。

三十平米ほどの部室にはメンバーが揃っていた。中央にはデスクがいくつか向かい合わせに配置され、四方の棚にはVHSテープとLDがぎっしり詰め込まれている。

一番奥のデスクの前、大きな椅子に座った伊勢原が「やあ千草バリモアちゃん」と馴《な》れ馴れしく言った。隣の江藤が細い目を更に細めて「こんにちは」と頭を下げる。岡本は隅でレンズを磨いていた。

「おはよう」

犬飼が爽《さわ》やかに言った。黒いコートに身を包み、黒手袋をした手で黒いハットを摑んでいる。陳腐な衣装だが様になっていた。

「おはよう」と千草は手前のデスクにレジ袋を置いた。

「差し入れです。バイト先のパン屋の余りですけど」

「ほんと？　いやあ助かるよ」

最初に走り寄って袋に手を突っ込んだのは、予想どおり伊勢原だった。

差し入れの菓子パンと惣菜《そうざい》パンをつまみながら一同でデスクを囲み、軽く打ち合わせする。今日は千草が出る冒頭のシーンと、あとは犬飼が人を殺すシーンをいくつか撮る予定だった。

途中からまたホラー映画談義が始まった。千草はそれをきっかけに犬飼に話しかける。

「今日も大変そうだね」

「たくさん殺さないといけないからなあ」

爽やかに冗談を言うと、犬飼は台本をかざした。

「あと台詞《せりふ》も増えるみたいでさ。『犠牲者A』さんを殺すとこ」

千草も自分の台本を確認する。

犠牲者A。役者名は「りーたんハーパー」。

「誰？　演劇部の人じゃないよね」

「一年生。仮入会の子らしいよ、ここの。今日は遅れて来るって」

犬飼は楽しげに言った。千草は驚きながらメンバーを眺める。ここに加わりたがる子がいるなんてにわかには信じがたい。よほどの変人かマニアか、あるいはその両方か。

「……どんな子なんだろう」

自然とそんなつぶやきを漏らしていた。

「ちっちゃくて和風な顔の子。こないだ顔合わせしたけど、気さくでいい子だったよ」

犬飼は口元を弛《ゆる》めた。遠い目をしている。

「ふうん」

千草は目を逸《そ》らした。彼がそんな表情を見せたことが意外だった。同時に苛立《いらだ》たしくもあった。顔も本名も知らない「りーたんハーパー」を早くも嫌いになりかけていた。

「さーて、始めましょうか」

山岸がパンッと手を鳴らした。

撮影は先週よりはるかにスムーズに進んだ。まずは千草と江藤の会話シーン。映画サークルの仲間という設定で、殺人鬼の噂話をする。十数年前、舞台である街で何人も殺したこと。逮捕されたが留置所で自殺したこと。

「その魂がまだこの近所を彷徨《さまよ》ってるって話、聞いたことない？」

江藤が訊《き》く。演じている雰囲気が一切ないのが見事といえば見事だ。ごく普通の雑談としか思えない。

「ありますけどお、小学生の時ですよお？」

千草は小馬鹿にしたような調子で返す。演じる「犠牲者C」は噂話を斬り捨てる典型的なキャラクターだった。これ見よがしに鼻で笑い、欧米人のように肩を竦《すく》める。江藤の話を遮ると鞄《かばん》を抱えて「じゃあわたしバイトなんで」と部室を出る。

どのカットでも山岸はあっさりＯＫを出した。伊勢原も「いいねえ、殺されそうな感じがバリバリ出てるよ」とにんまりする。どう演じても駄目出しされると思っていたので、千草は拍子抜けしつつも安堵した。これで今日の出番は終わりだ。

続いて夜の部室に一人残っていた江藤が、突如現れた殺人鬼の亡霊に殺害されるシーン。江藤と山岸が窓を黒い布で覆って完全に遮光し、更にカーテンを閉じて「夜の部室」らしい光を設計する。

部屋の隅ではハットを目深に被った犬飼がブツブツと何事か繰り返している。顔は真剣で目には怪しい光が宿っている。既に役に入り込んでいるらしい。千草は離れたところからその様子を見守っていた。

江藤がデスクでパソコンを弄《いじ》り、大きく伸びをするくだりは一瞬で撮り終わった。続いて物音に気付いて辺りを見回すカット。

「用意……スタート！」

椅子で伸びをしていた江藤が再びキーボードに手を置く。ややあって細い目をわずかに見開き、きょろきょろと周囲に目を向ける。これも自然な動きだった。

岡本がその仕草をデスクの向こう側から撮っていた。

「ふう」

小さく溜息を吐くと、江藤はまたモニタに向き直り、そして——

不意に岡本が液晶から顔を上げた。素早く天井を見上げる。続いて窓を。ドアを。

「ん、どうしたの」

山岸が言った。「あ、カット」とすぐ全員に告げる。江藤がぽかんとした顔で岡本を見上げた。

岡本は録画を止め、何度も首を捻《ひね》りながら山岸に歩み寄ると、ボソボソと何事か耳打ちした。

「は？」

山岸の眉間《みけん》に深々と皺《しわ》が寄った。岡本がまた首を捻る。

「何なの何なの？　問題なく進んでたのにさあ」

伊勢原の耳障りな声が部室に響いた。

「……いや、何でもないです。ごめんなさい江藤さん、もう一回同じのを」

「はいはーい大丈夫ですよ」

江藤はにこやかに答えた。

そこから三連続で岡本は撮影を止めた。急に慌てふためいて液晶から目を離し、辺りを気にする。首を捻って山岸に囁《ささや》く。

いつの間にか山岸の顔は青ざめていた。岡本の視線は泳いでいた。犬飼は困惑した表情でその様子を眺めている。役に入り込めなくなったらしい。

江藤は仏のような顔で椅子に座っていた。

空気がおかしくなったのを感じながら、千草は山頂での出来事を思い出していた。思い出さずにはいられなかった。

「どうなってるんだよおい」

伊勢原が凄《すご》んだ。

「いや……」答えたのは山岸だった。「岡本がその、聞こえるって」

「何がだよ？」

「悲鳴です」

山岸は簡潔に返した。想像したとおりの言葉に千草の身体が一気に強張《こわば》る。やはりそうかと思ってすぐ「ありえない」と打ち消す。

そんな馬鹿げたことが起こるわけがない。

「はあ？」伊勢原が殊更に呆《あき》れてみせた。

「じゃあアレか？　噂どおりのことが起こったって言うのか？　こないだは山岸が悲鳴聞いて、今日は岡本が？」

「……まあ、そうとしか」

「馬鹿じゃないのお前」

伊勢原はハッと短い笑い声を上げた。

「あんなもん推理研だかオカルト研だか、解散寸前のちっちゃいサークルのやつが何年か前に適当に書いたやつだぞ？　創作、捏造《ねつぞう》だよ。それらしい事件もない」

「そうなんですか」

訊いたのは犬飼だった。

「ですよ犬飼イングランドくん。俺が学生だった頃はなかったし。たぶん二年か三年前だ。そっから毎年載せてるんだ。あのガイダンス毎年チェックしてるから分かる」

どれほど大学が好きなのだろう。それとも会社に居場所がないのだろうか。得意気に語る伊勢原を眺めながら千草はふとそんなことを思った。

「大体あの文章おかしいだろ。男も女も死んでるのに何で女が殺されるプロセスが分かるわけ？　ヒールが脱げてコケたとか馬乗りで首絞められたとか。根本的に破綻《はたん》してるよ。突っ込みどころ満載だ」

「で、でしたっけ」

「ですよ山岸監督。だから創作としてもお粗末なの。リアリティ皆無なの。駄文にして駄作、クソだね！　まあお前らキャリアの浅いやつには分かんないか。俺みたいに映画だけじゃなくて小説やらネットの怖い話やらも読んでないと気付かないかもなあ」

どうして自慢話になるのか、千草は呆れながら同時に感心もしていた。確かに彼の言うとおりだ。だからあの文章はできの悪い作り話だ。

信じるに値しない。恐れることもない。

緊張が徐々に解けていくのが分かった。

「なるほど……」

江藤が唸《うな》った。伊勢原は得意気に胸を張り、

「だからお前ら二人は腰抜けってこと。ビビッて幻聴聞きましたってだけの話ですよ。そんな怖がりでよくホラー好きを名乗れるなあ」

ニヤニヤと二人を眺め回す。

岡本が「……すみません」と蚊《か》の鳴くような声で言った。山岸は気まずそうな顔で頭を掻く。

「頼むよお二人さあん」

伊勢原はゆっくりと太い腕を組んで、

「そんなんじゃ俺も安心してここ任せてられないからさあ、もっと——」

がたん、と大きな音がした。

千草は思わず身体を竦《すく》め、音のした方を向いた。

部屋の隅で犬飼が棚に張り付いていた。

端整な顔が引き攣《つ》っていた。目だけを素早くあちこちに向けている。

黒手袋をした右手は耳に当てられていた。

ハットは足元に落ちていた。

「……何だよ」

伊勢原が訊いた。

「犬飼イングら」声が裏返り、慌てて咳払《せきばら》いする。「犬飼くん、どうしたの」

犬飼はそっと耳から手を離すと、かすれた声で訊き返した。

「き……聞こえませんでしたか」

伊勢原はあからさまに絶句した。

「山岸くんは？　お、岡本くんは聞いてない？」

二人は答えない。呆然《ぼうぜん》と犬飼を見つめている。

「え、江藤さんは」

「いや……何も」

「赤城さんは？」

「えっ」

千草は彼の顔を見返して、咄嗟《とっさ》に首を振った。聞いていない。何も聞こえなかった。

犬飼が息を呑《の》んだ。唇が震えている。

まさか――聞いたというのか。彼にだけ聞こえたというのか。

体温が一気に下がる。

「いやいや、あのさあ」

伊勢原がそれまでより半オクターブ高い声で、

「あれでしょ、この流れに乗って演技して俺らを」

「きゃあああああっ！」

切り裂くような悲鳴が千草の鼓膜を貫いた。

若い女性の、恐怖に満ちた絶叫だった。

反射的に後ずさっていた。棚にぶつかり後頭部に痛みが走る。

「ひいっ」

伊勢原が叫んだ。「えっ、えっ」と山岸たちを眺める。

江藤は何も答えず椅子の上で固まっていた。

山岸と岡本と犬飼が凍りついた顔で、同時に首を横に振った。

部室が完全に無音になった。

次の瞬間、

「わあああっ」

伊勢原は猛然とドアへ突進した。椅子を撥《は》ね飛ばしデスクにぶつかり転びそうになりながら、何とかドアに辿《たど》り着くと勢いよく押し開けてそのまま廊下へ飛び出す。

千草は無意識に開け放たれたドアへと向かった。「逃げよう」という意志が遅れて脳に到達する。数歩進んだところでその場にへたり込む。

下半身に全く力が入らない。腰が抜けたのだ。

聞こえるはずのない悲鳴、伊勢原と自分にしか聞こえない悲鳴を耳にして、心の底から怯《おび》えているのだ。

ううう─、と呻《うめ》き声が歯の隙間から漏れていた。

「……くくっ」

奇妙な音が背後からした。くくっ、くくくっと続く。

押し殺した笑い声だと気付く。気付いたと同時に混乱が押し寄せる。

千草はそっと振り返った。

山岸が身体をくの字に折り曲げていた。顔が真っ赤になっている。

岡本はハンディカムをドアに――こちらに向けたまま苦しそうに身を捩《よじ》っている。顔は完全に笑っていた。

犬飼は両手で口を押さえていた。目から涙が溢《あふ》れている。

「……あれ?」江藤が三人を見回して、

「ひょっとしてこれ、ドッキリ?」

と訊《き》いた。

「はい! ほんとすみません!」

怒鳴るように答えた山岸が、アハハハと大きな笑い声を上げた。岡本と犬飼がそれに続く。

「ごめんなさい巻き添えにして! い、伊勢原のやつに仕掛けてやろうって自分と岡本と、あと」

「僕と」

犬飼が顔を真っ赤にして言った。「ごめんね赤城さん」とこちらに手を合わせる。

「……へ?」

千草の口から奇妙な声が出ていた。全身から力が抜け、激しい鼓動だけが身体の中から伝わる。

「え、なにこれ、犬飼くんも？」

「今回からね。山の時はほんとに知らなくて」

「あ、へえ、そうなんだ……」

　まるで意味のない言葉が漏れる。止まっていた頭が少しずつ働き始め、徐々に思考が組み立てられる。そして疑問が浮かび上がる。

「じゃあさっきの悲鳴は？」

　江藤が訊いた。自分が訊こうとしたのと全く同じ問いだった。

　三人は答えない。ひいひいと苦しげに息を継ぎ、話そうとしてまた笑い出す。

「くふふふふ……」

　いつの間にか女性の笑い声が交じっていた。

　江藤の向かいのデスク。その下から小さな影が這《は》い出た。ゆっくり立ち上がる。

　若い女性だった。ポニーテールの黒髪、小柄な体軀《たいく》。地味な服装。

　和風の顔からは笑みが零《こぼ》れている。

　女性は頰を撫《な》でて表情を引き締めると、

「わたしです。驚かせてすみません」

　千草に向かって頭を下げた。続いて江藤に。

「……りーたんハーパーちゃんかあ」

彼も脱力して椅子にもたれた。「あっそっか。赤城さん、こちら一年生のりー……リホちゃん。まだ正式には入会してないけど、最近よく来てくれるの」

「よろしくどうぞ」彼女──リホは涼しげな顔で会釈する。千草は「あ、赤城です」とだけ答えた。

「ずっと隠れてたの？」江藤が訊く。

「はい」

リホはちらりと山岸を見やると、

「山岸さんに誘われました。楽しかったです」

「いやいや、りーたん」山岸は何とか笑いを止めて話し出した。「最初はりーたんが持ちかけたんじゃん。あのＯＢに一回お灸《きゅう》据えてやろうってさ」

「ほんと？　りーたんそんなこと言ったの？」

「まさか」

リホは小首をかしげる。

「伊勢原さんにはいつもお世話になっていますよ。お灸なんてとんでもない」

「勘弁してよりーたん」

山岸はぐったりした様子で、「あー笑いすぎて死ぬ」とその場にぺたりと座り込んだ。

「上手だったよリホちゃん。いい悲鳴だった」

犬飼がコートを脱ぎながら歩み寄ると、親しげにぽんと彼女の肩を叩《たた》いた。リホは恥

ずかしそうに身体をくねらせて、

「嬉《うれ》しいです。ふふ」

　また笑い声を漏らした。

　ドッキリの巻き添えになった――ずっと騙《だま》されていたと千草はようやく理解した。犬飼までがそれに加わり、自分を騙していたと認識する。

　首謀者はどうやらリホらしい。目の前で妙にちやほやされている、奇妙な一年生が仕組んだことらしい。しかも犬飼は知らぬ間にそんな彼女と仲良くなっている。

　腹は立たなかった。怒りたくはあったが怒る力が出なかった。

　犬飼への気持ちがみるみる冷めていく。

　ぜんぶ茶番だ。馬鹿げている。

　千草はリホと犬飼が談笑する様をぼんやりと眺めていた。

「ああいう人が実は一番ビビリなんだよな、やっぱり」

　山岸が脇腹を押さえ、顔をしかめて言った。


　伊勢原が死んでいるのが発見されたのは、翌週水曜の夜のことだった。

　場所は井須間山の山頂。発見者はハイキング中の老人だった。

　死因は首を絞められたことによる窒息だった。

　つまり他殺。殺人。

犬飼から電話でそう聞いた瞬間、千草は携帯を取り落とした。携帯はベッドで弾んでフローリングを鳴らす。

ドラマのようだと頭の片隅で思ったが、しばらくその場を動けなかった。

三

「やあ」

ノックして部室のドアを開けると、棚の前でスーツ姿の江藤が振り向いた。仏の微笑には暗い影が差している。「どうかした？　忘れ物？」

「いえ……」

千草は少し考えて、抱えていた菊の花束を掲げた。

「昨日、犬飼くんから聞きました。ここにお供えしていいか分かりませんけど」

正直な気持ちを打ち明ける。他所《よそ》の同好会のいけ好かないOBのこととはいえ、さすがに殺されたとなれば胸が痛む。

「ありがとう。あの人も喜ぶよ、きっと」

午後四時の日差しが部室を黄色く照らしていた。

江藤は手にしていたVHSテープを棚に戻すと、「ええっと」と辺りを探し始めた。

「花瓶ならそこに」

椅子に座っていたリホが江藤の頭上を指差した。

棚と天井の隙間で小さな花瓶が埃《ほこり》を被《かぶ》っている。江藤は「ありがとうね、りーたん」と脚立を引っ張り出した。

花束を手渡した時、江藤は「ごめんね」と悲しそうに言った。

「撮影、延期になって。犬飼くんに聞いたと思うけど」

「いえ、それは全然」

電話でそんなことも言っていたなと思い返す。伊勢原の死の方がはるかにショックで、今の今まですっかり忘れていた。

「場所を変える方向で検討してるけど、なかなかいいとこが見つからなくてね。まあ正直、あんないわくつきの場所でロケするのが変って言われたらそうなんだけど。お粗末な作り話でもさ」

江藤は唇を歪《ゆが》める。

「犯人は……？」

千草は訊いた。伊勢原の死はテレビでは報道されていない。実家住まいの友達が新聞の地方欄で読んだと言っていたが、千草は新聞を取っていなかった。

「分からないって」

花瓶に花束を挿しながら、江藤はかぶりを振った。

「さっきまで刑事さんがいらしててね。いろいろ訊いたけど、強盗じゃないらしい。財布は手付かずだったって。会社では孤立してて、交友関係もこの会のメンバーくらいだったみたい。それで聞き込みに来たって刑事さん言ってたけど」

「そうなんですか……」

千草は曖昧《あいまい》に返した。やはりと思う一方で悲しくもあった。

「まあ、殺したいとまで思ってるやつはいないだろうね。僕はもちろんだし山岸たちも。せいぜいドッキリを仕掛けるくらいでさ。刑事さんにもそう伝えた」

花瓶を一番奥のデスクに置くと、江藤は小さく溜息《ためいき》を吐いた。

「山岸くんたちは」

「帰ったよ、二人とも」江藤は寂しげな微笑を浮かべた。「まあ、サークル活動って気分じゃないだろうしね。この分じゃ活動自体が当面は中止かな。僕も全然就職決まらないし。今日も午前中は面接に行っててさ」

千草はこれにも曖昧に返す。途中で放り出されたこと、犬飼と会う機会が減ったことは何とも思っていない。ただ暗い気持ちになっていた。

「小説家は目指さないんですか」

唐突にリホが訊《き》いた。

「ホラー小説書いてるって仰《おつしや》ってましたよね。今年のなんとか大賞に出すとか。今回の脚本もそれの勉強だって」

「はは」

江藤は乾いた笑い声を上げた。

「あんなのただの夢、というか妄想さ。毎年応募してるけど一次選考も通らない。自分のサイトでもいろいろ書いてるよ？　でも全然話題にならない。在学中にデビューとか思ってたけど大甘だったたね」

リホは表情を曇らせ、だまって彼を見つめていた。

「気長にやる。仕事しながら書き続けるよ。ま、仕事決まるか怪しいけどさ」

自嘲《じちょう》気味に言うと、江藤は「ごめんね変な話して」と千草に詫《わ》びた。

「いえ……あの、帰ります。バイトがあるので」

千草は嘘でないことを言った。まだ出勤時刻まで時間があるが、この場にいるのは気詰まりだった。

「おつかれさま。パン屋さんだよね。駅前の商店街の」

「はい。おつかれさまです」

「お花ありがとう」

「いえ全然」

「ごめんね色々」

「大丈夫です。それじゃ」

江藤の言葉に適当に受け答えしながら、逃げるように部室を後にした。

午後九時半。タイムカードを打刻するとパン屋の裏口を出た。今日もいつもどおり閉店前の一時間だけ客足が増えた。割引セールを狙う客が多いせいだ。その顔ぶれもいつもとほとんど同じだった。

電車に乗って三駅目で降りる。定期で改札を抜けながら「原付でも買うか」とぼんやり思う。運転免許は去年取っていたが完全なペーパードライバーだ。土地勘もあまりない。これでは就職に不利かもしれない。ただでさえ氷河期で買い手市場で、ゼミの先輩たちも大変だと零《こぼ》していた。

似合わないスーツを着た江藤の姿が頭に浮かんでいた。

駅前のロータリーを抜けて国道を越えるとすぐ住宅街に入った。専門学校が近くにあるせいか小さなアパートが多い。街灯は少なく道は狭く人通りもまるでなかった。聞こえるのは自分の足音だけ。

いつの間にか伊勢原のことを考えていた。あの山頂、積もった松葉の上に仰向けに転がる太った身体。まなじりが裂けそうなほど開かれた目はどこも見ておらず、首には指の跡が残っている。

歩き去る黒ハットと黒コートの人影。

次第に歩調が早まっていた。カツカツと靴音が高く鳴る。

背後から足音が近付いていることに気付いたのはその直後だった。自分と同じペース、いやそれよりも少し速い。

ただの通行人だと思いながらも千草はさらに早足になっていた。この先の選択肢を考える。

アパートが見えたら一気に駆け出そうか。いや、住所が分かってしまう。ここは一旦《いったん》通り過ぎた方が。でも自分を尾《つ》けていると決まったわけではない。単なる思い過ごしかもしれない。であれば無駄骨、杞憂《きゆう》だ。でも、でも。

千草は思い切って振り返った。

人影が十メートルほど後ろを歩いていた。

黒いハット、黒いコートを身に着けている。

影がぴたり、と立ち止まった。暗い上にハットを目深に被っているので顔は見えない。

千草は自分が立ち止まっていることに気付いた。

人影はゆらりとコートを揺らすと、一気にこちらに駆け寄った。

はあっ、と荒い息遣いが聞こえた。

千草は走り出した。無我夢中でアスファルトを蹴《け》り暗い夜道を突き進む。背後で足音と呼吸音が聞こえている。

間違いなく追いかけられている。

首筋に何かが触れたような気がした。

「…………！」

声にならない悲鳴が口から漏れていた。

走ることだけを考えて角を曲がり、逃げることだけを考えてまた角を曲がる。アパートが見えた瞬間、千草は呼吸を止めて懸命に腕を振った。スピードがわずかに加速する。背後の気配がみるみる遠ざかる。

階段を駆け上がり鍵《かぎ》を開けて中に入ると千草はドアにもたれかかった。慌てて施錠してチェーンもかける。ドアの向こうの音を聞き漏らすまいと耳を澄ます。鞄《かばん》から手探りで携帯を取り出して顔に近付け、とりあえず「110」と打ち込んでおく。

聞こえるのは自分の呼吸音と鼓動だけだった。ドクンドクンと全身を内側から打ち鳴らしている。鼓膜が破れそうなほど煩《うるさ》い。

十数分はそのままだっただろうか。呼吸が落ち着き脈が穏やかになり、外で何も音がしないことを何度も確かめてから、千草は短い廊下に倒れ込んだ。頰に当たるフローリングが冷たい。

男のシルエットを無意識に思い返していた。伊勢原の死体のことも考えてしまう。二つが結び付き一つの妄想に辿《たど》り着く。

伊勢原を殺して自分を追いかけたのは、女性を殺して自殺した男性の霊なのでは。

噂話は、裏ガイダンスに書いてあった文章は事実なのでは。

文章が下手なだけで本当のことが書いてあるのでは。

あんなところで撮影するから狙われたのでは。

罰が当たったのでは。呪われたのでは。

子供じみた考えだと自覚していた。変な映画に参加して妄想が逞《たくま》しくなっているだけだと理解してもいた。それでも千草は考えずにはいられなかった。

「馬鹿じゃないの……」

言葉にしても少しも気が休まらなかった。


翌週。五分前に文学部棟の講義室に入り、空いている席に腰かけたところで、斜め前に山岸が座っていることに気付いた。

彼も千草に気付いて振り返る。

「よお」

彼の右頬には大きな擦り傷があった。見るからに痛々しい。

「……どうしたの、それ」

千草は考える前に訊いていた。

「ああ、昨日ちょっと転んでさ」

山岸は笑おうとしてすぐ顔をしかめた。

「どこで？」

「学食の近く。課題で残ってて遅くなって、帰ってる途中で」

「それで顔から倒れたの？」

「いや」山岸の目が泳いだ。「うん、そう。荷物持ってたから。辞書とか」とまた笑おうとして、また顔をしかめる。

千草の胸に不安が膨れ上がった。

「ほんと馬鹿みたいだよなあ、はは」

彼の言葉が更に心をかき乱す。

「……本当なの？」

千草は意を決して問いかけた。「何かあったんじゃないの。その……突き飛ばされたとか」と鎌をかける。

山岸はあからさまに目を見張った。

「黒いコートの人だったんじゃないの」

「いや……」

口元を隠す。人差し指と中指には包帯が巻かれていた。

「あのね、わたしも先週バイトの帰りに追いかけられたの。黒いコートで帽子被《かぶ》ってて、それで」

「偶然だろ。単なる変質者だって」

吐き捨てるように言うと山岸は前を向いた。「……それはそれでまあご愁傷様だけど。いやごめん、違うな。ええと、大変だったと思う」

チラチラとこちらをうかがう。

「ねえ、何があったの」

「いいよ、もう。単にコケて擦り剝《む》いただけで事故――」

　山岸はそこで黙った。ズボンのポケットをまさぐる。取り出したのは塗装の剝《は》げた携帯だった。液晶画面はこちらからは見えない。

　教授がまだ来ていないことを確かめてから彼は通話ボタンを押した。

「はい……おお。え？」

　みるみる顔色が悪くなる。

「うん、でもそれは……ああ」

　山岸は体を丸くして話し続けていた。やがて通話を切るとこちらに視線を向け、逸《そ》らし、しばらく黙ってから、

「岡本からだった。い、いま部室にいて」

　俯《うつむ》いたまま言う。千草は相槌《あいづち》も打たず続きを待つ。

「……撮影のマスターテープが変になってるって。ブロックノイズがいっぱい入ってて後半撮れてなくて、撮れてるやつも青や黒の線とか入ってて、あと、ちょいちょいその――悲鳴が」

　悲鳴。

　言う前から想像は付いていた。想像するのが馬鹿げていると分かってもいた。それでも山岸の言葉は千草の心を抉《えぐ》った。

　いつの間にか教授が来て壇上で何か話していたが、全く耳に入らなかった。

四

部室には伊勢原以外の全員が揃っていた。千草と犬飼はパイプ椅子に、山岸と岡本はデスクの前に座っている。

江藤は上座で難しい顔をしていた。目の前に置かれた菊の花はしおれかけている。リホは部屋の隅の丸椅子に腰かけ、手元の冊子に視線を落としていた。

窓の外からカラスの鳴き声が断続的に聞こえていた。

「……偶然だよ、一応言っとくけどね」

江藤が静かに話し始めていた。

「伊勢原さんのは殺人だし、赤城さんのは行きずりの変態。そうに決まってる。山岸くんのも同じか不良、もしくは酔っ払い。これらの出来事には何の関係もない。そう考えるのが自然だよ。マスターテープの異常だけが不可解といえば不可解だけど。さらに岡本くんが何でこのタイミングでチェックしたのかってことも、それはそれで不思議ではあるよ」

「あの」岡本が自分のパソコンのモニタを指し、「取り込んだデータが、消えてて」と、か細い声で言う。おかしなことがもう一つあったわけだ。千草は椅子の上で身体を硬くする。

「……そうなんだ。でもそれも原因は別にあるだろうね。だから偶然」

「で、でも」

犬飼がおずおずと手を挙げた。

「そんな偶然が続くのは変ですよ。立て続けにこのサークルで。あと」

こちらに視線を向ける。千草は微《かす》かにうなずいて、

「——あの山に行ってから、ですよね」

事実だけ口にする。それ以外のことは言葉にしたくなかった。江藤は表情を弛《ゆる》めると、

「あれ、伊勢原さんの言ったとおりでしょ。創作だよ。誰かの作った——」

「そうかもしれないですけど」

山岸が口を挟《な》んだ。

「正直僕ら、舐めてましたよね。小馬鹿にしてたっていうか。それが何かこう、山の神様か何かの怒りに触れたとか。中腹くらいのところにお社ありますよね。あ、あとほんとに昔誰かが死んでてその地縛霊が」

「有り得ないよ」

江藤は切り捨てた。口調は穏やかだったが強い意志に満ちていた。

「ホラーはあくまで作り物で、実生活で安易に霊的なものを受け入れちゃいけない。そこは線引きしなきゃ。入会する時もそんな話したよね。たまに来るんだよ、『体育館に出る白い女子』『黒手袋の女霊能者』なんて嘘くさいネットの噂話を本気で信じてる子。

丁重にお断りしてるけど」

「でも実際、こ、こんなことになってて」

山岸は唾《つば》を飛ばして言った。岡本が爪を噛《か》んで貧乏ゆすりしている。江藤はへの字口で腕を組んだ。

「お祓《はら》いとかやったらいいんじゃないですか」

犬飼がまた手を挙げた。全員の視線が彼に集中する。彼は目を伏せると、

「あくまで気持ちの問題です。キチンとそういうことやったら、気持ち的にケリがつくんじゃないかなって。演劇でもあるんです。公演前にお参りしたり、劇場には神棚もあったりするし。霊とか神様がいるかいないかはともかく、そういうのは大事だと思います。敬意っていうんですかね」

「敬意ね」

江藤が唸《うな》った。

「やりましょうよ」山岸が言った。「でないと江藤さんも何かあるかもしれないですよ」と早口で続ける。岡本が小刻みに頷《うなず》いている。

一同を順に見据えると、江藤は「そうだね、やっとくか」とつぶやいた。

千草は無意識に「ええ」と声に出していた。

この状況でできる最善のことだ。というより、偶然続いた不可解な出来事に対処するにはそれくらいしかない。

「明日《あした》にでも行く？　近くの神社か、あと山のお社だっけ」

江藤が明るい声で言った。リホにも呼びかける。

「りーたんも行かない？　まあ正式なメンバーじゃないけど、それこそ気持ちの問題というか……」

リホは冊子から顔を上げると、

「行きません」

あっさりと返した。

奇妙な沈黙が部室内に立ち込めた。

「……いや、行こうよ。ドッキリやろうって言ったのりーたんだよね。ある意味一番舐めてるよ、その、霊とか神様からしたら」

山岸が諭すような口調で言う。彼女は彼を黙って見つめていたが、やがてゆっくりと口を開いた。

「行っても意味ないので」

彼女以外の全員が戸惑いの表情を浮かべる。

「一連の事件は人間でも起こせます。殺人も暴行も、テープの異常も。パソコンに取り込んだデータをそれらしく編集して、マスターテープに書き出せば簡単です」

「いや、だからさ」

山岸が呆《あき》れた顔で、「それが立て続けに僕らの間で起こってるってのが問題なんだよ。

別々の人間が僕らを」

「犯人は一人です」

リホは手にしていた冊子を掲げた。『井須間大学【裏】ガイダンス』。タイトルの下に今年の西暦が書かれている。

「そして——ここに載っている井須間山の噂の作者です」

意味が分からない。千草は彼女の顔をまじまじと見つめた。地味な顔は完全な無表情だ。江藤がううむ、と唸り声を上げて、

「何を言ってるの？」

と率直に訊《き》いた。全員が表情と視線で同意を示す。

「それ書いたの、ええと、推理ＳＦ心霊サークルだよね。そのメンバーがやったってこと？」

「いいえ」

リホは首を横に振った。ええ？　と声を上げたのは山岸だった。

「ごめんりーたん、言ってること全然分かんない」

これにも全員がうなずく。千草も同感だった。さっきと話がちぐはぐになっている。

皆の反応を眺めていたリホが、「こほん」と咳払《せきばら》いした。

背筋を伸ばす。

「伊勢原さんの理解だと、この噂話は文章が破綻《はたん》しているとのことでした。書き手が知

り得ないことが記されている、だからおかしいと」

「うん、言ってたね」江藤がうなずく。

「それと同じくらい引っ掛かる記述があります」

リホは冊子を捲《めく》った。パラパラと紙の鳴る音が室内に響く。

「最後の一文です。『不思議なこと、奇妙なこともあるものですね』――普通に怪談めいた話を書くなら『恐ろしいこと』とでも書いた方が収まりがいいし、それか何も書かない方がいい」

「下手ってことじゃないの」

犬飼がそっと声をかけた。「駄文とまでは言わないけど」

「普通に考えればそうです」リホはゆっくりと首を横に振ると、「でも気になりました。どうしてこんな座りの悪い文で締めたのか、何が不思議で奇妙なのか。読み返したら色々と気付いたんです。交際相手の男性――女性を殺した犯人は『首を吊《つ》りました』とあるだけで、自殺したとも死んだとも書かれていない」

部室内が水を打ったように静まり返った。

「男性は死ななかった。『人が殺されたから』という記述もそれを仄《ほの》めかしています。男女ともに死んでいるなら『人が死んだから』『無理心中があったから』と書くでしょう。そして――」

リホはゆっくり立ち上がる。

「この文章を書いたのは男性その人です。だから女性を殺すくだりが記述できた。そう考えると何の破綻もありません。それらしい報道がないのは死体を始末してうまく逃げおおせたからでしょう。伊勢原さんの指摘はまったくの見当違いでした」

ゆっくりと部室内を歩き回る。

「そして男性は今も新たな標的を探している。だから不思議で奇妙だって書いてるんです。自分は生きているのに、生きて人を追いかけているのに、みんな霊を見た、霊に追いかけられたって証言するから」

誰かが「ううむ」と唸った。岡本は貧乏ゆすりを止めて彼女の話に聞き入っている。

「この文章は挑発です。俺は女を殺した、逃げ延びて今も人を追いかけ回している、これを読んだお前もいずれ殺してやる。ヒントをちりばめてやったから解いてみろ――そんな意図で書かれている。伊勢原さんを殺し皆さんを襲った犯人は、これを書いた男性、つまり作者です」

リホが足を止めた。さっきより室内が暗くなっている。

カラスが外で一際大きな声で鳴いた。

「こじつけじゃないかな」

ぼそりと江藤が言った。

「そう読み解けるってだけだよ、それに」

「ええ、こじつけですよ」

平然とリホは答えた。

千草の口から「え？」と言葉が漏れる。岡本が「うう」と呻《うめ》く。山岸が口を開いたのと同時に、

「でも、今みたいにこじつけたがっている人がいたとしたらどうですか。こじつけてでも怖がらせたい。そのためならこじつけどおり人を襲うことも厭《いと》わない。そう考えた人がいたら」

「誰だよ、それが一番大事だろ」

山岸が尖《とが》った声で訊く。口調が荒っぽくなっていた。

リホは動じた様子もなく続ける。

「推理SF心霊サークルの人に聞きました。この文章はネットで拾った文章を転載したものだそうです。『井須間大学　怪談』といったワードで適当に検索をかけてヒットした、それらしい文章をコピー&ペーストしただけだと。オリジナルの記述があるサイトは調べたらすぐ見つかりました。サイト名は――『ホラー作家志望ETOのホームページ』」

「えっ」犬飼が声を上げた。

「犯人は江藤さんです」

リホが一息に言った。

全員が同時に江藤の方を向いた。彼は何も反応せずリホを見つめている。細い目はど

んよりと暗く、普段の柔和な雰囲気は消え失《う》せている。

否定も肯定もしないのか。

江藤を見返しながら、リホは再び話し始めた。

「内定が取れない不安、小説が日の目を見ない苦しみ。そこへ来て普段からいい感情を持っていないOBに自分の文章をコキ下ろされ、殺意を抱いた。江藤さんはそこで思い付きました。この文章をさっきのように読み解けることにも気付いた。だから伊勢原さんを殺し、皆さんを襲ったんです。怖がらせるために——みんなが自分の作り話と現実とを結び付けて恐怖するように」

「そんなことあるわけないって」

山岸が嘲《あざけ》るように口を挟んだ。

「怖がらせるために人を殺す？　そんなことして何になるんだよ。全然意味が……」

そこで黙る。考えた次の瞬間、千草は理由に気付いた。

山頂での出来事と、この部屋での撮影のことが頭に浮かんでいた。逃げ出す伊勢原。そして笑い転げる山岸たち。

「分かりますよね」

リホは山岸に向けて一度うなずくと、

「楽しいからです。自分の仕掛けで誰かが怖がる様を見るのは楽しい。普段から恐怖なりホラーなりについて考えている人なら尚更そう思うでしょう。ホラーを愛し、ホラー小説をずっと書いている人なら特に」

江藤を見据えて静かに言った。

「みんな怖がりました。江藤さんとしては大成功でしょう。でも、やりすぎましたね」

彼は暗い笑みを浮かべて答える。

「……無理があるよ。こじつけにもほどがある」

「かもしれません」リホはあっさりと賛同すると、「けど、警察はいずれ気付くと思いますよ。ここに来た時も怪しんでいるようでした」

「どうだかなあ」

江藤はくすりと笑う。

「ホラー作家志望ＥＴＯのホームページを閲覧したら、ガイダンスと同じ文章があるのが分かります」

リホは全員を見回した。山岸と犬飼は無言で彼女を見返していた。岡本は震える指でマウスに触れ、すぐに離す。

江藤の顔が曇っていた。視線はしおれた菊に注がれている。

「自首してください」

リホがそっと呼びかけた。

「いつまでも隠し通せることじゃない」

憐《あわ》れむような視線を投げかける。江藤は組んでいた手を解くと、

「……そうだね」

小さく頷いた。

山岸がガタンと椅子を鳴らした。中腰で後ずさる。岡本は血走った目で江藤を凝視していた。千草はその場から動けなくなっていた。立ち上がることもできない。呼吸をするのがやっとだ。心臓が激しく鳴っていた。

たったいま江藤は認めたのだ。一連の出来事の犯人が、自分であると。

「ほ、ほんとに……？」

犬飼が呆然《ぼうぜん》とつぶやくのが聞こえた。

江藤は携帯を手にすると、

「呼んでもいいのかな。それとも交番に行った方が……」

疲れ切った声でリホに訊《き》いた。彼女は何も答えず唇を噛《か》んでいる。

江藤はゆっくりと携帯のボタンに触れた。

彼が耳に携帯を当てる様を、全員が無言で見守っていた。

「怖かったですか？」

出し抜けにリホが訊いた。

顔には無邪気な笑みが浮かんでいる。

彼女は裏ガイダンスを掲げると、

「出鱈目《でたらめ》ですよ。これを読んで思い付いたドッキリ――出来の悪い作り話です。ねえ江藤さん？」

と言った。江藤がニッと歯を見せて携帯を下ろす。

「え、え……何なの」

山岸が放心した顔で声を漏らした。岡本は完全に動かなくなっている。

「江藤さん凄《すご》いですね」

リホは嬉《うれ》しそうに身体を揺らすと、

「いきなり振ったのにアドリブで乗ってくださって。さすが部長」

「はは」

江藤はぐったりとデスクに肘《ひじ》を突いた。

「いや、危ないよりーたん。前半の読み解きのくだり強引すぎるもん。だってあんなの誰も読み解いてなかったでしょ。山の神とか地縛霊とか言ってたよね。怖がってはいたけど全然犯人の目論見《もくろみ》どおりにいってない」

「ですね」

リホはくすくすと可笑《おか》しそうに、

「誰かに突っ込まれるんじゃないかと不安でした」

「勘弁してくれよ、もう」

山岸ががっくりとその場に崩れ落ちた。「完全に騙《だま》されたわ」と呻く。

犬飼がアハハと声だけで笑う。岡本が机に突っ伏す。

千草はまたしてもぼんやりとリホを眺めていた。

こんな悪趣味な真似をして楽しいのか。

いや——楽しいのだろう。あの笑顔。子供のような表情。

殺人や暴行までドッキリのネタにして、全員を騙すのが楽しいのだ。

やっぱり異質だ。この子は特に変だ。

五

同好会のOBを殺害し、メンバーや関係者を襲った江藤が逮捕されたことは、ニュース番組やワイドショーでも広く報じられた。井須間大学には報道陣が詰めかけ、しばらくの間は騒然となった。

千草は一度だけ警察に呼ばれ、追いかけられた時の状況を何度も説明させられた。段取りが悪いのか、それとも念を入れているのか。分からないまま彼女は同じことを繰り返し話した。

警察経由で情報を仕入れたのか、「撮影中の自主映画のキャスト」として記者に取材されそうになったが、何も知らないの一点張りで切り抜けた。

「変な人だったの？」

無遠慮な友人たちに訊かれたこともあった。同好会の中ではまともな方に見えた、と正直な印象を伝えると、彼女たちは一様に「そういう人が逆にね」と納得した。「変だった」と答えてもきっと「やっぱりね」と納得しただろう。そんなものだ。立場が逆なら自分もそうしていたかもしれない。情報を都合よく解釈して、殺人犯・江藤の人物像を作り上げていただろう。

報道によると、動機は「威張り散らす伊勢原に我慢できなくなった」「周りの人間も部長である自分を舐《な》めていると思った」「だから仕返しした」という単純なものだった。リホのドッキリはやはりドッキリにすぎなかったわけだ。犯人を当ててしまうという偶然はあったものの、それ以外は作り話だったのだ。裏ガイダンスの文章の出所も、常軌を逸した動機もぜんぶ嘘だ。

当たり前のことではあったが千草はどこかほっとしていた。何から何までリホが語ったとおりであってたまるか。そう思っていた。

半月後の午前九時。

文学部棟に入ろうとしたところで、千草は山岸に呼び止められた。

「赤城さん、ニュース見た？」

「えっ。見てない」

答えると山岸は頰の大きなかさぶたを掻《か》き、

「江藤さん、供述が変わったって」

と言った。すぐに早口で続ける。

「自分が書いた文章……井須間山の話を伊勢原さんにバカにされて腹が立って、そこで文章になぞらえたらいいんじゃないかって思いついて、それで伊勢原さん殺して、あと赤城さんと僕を」

「どういうこと？」

「だからさ、要するに」山岸は頭を掻き毟《むし》って、「りーたんがドッキリで言ったのと同じことを供述し始めたんだよ。僕らを怖がらせるためにやりましたって」と、一際大きな声で言った。

行き交う学生たちが邪魔そうにこちらを見つめている。

「……変わったってほどじゃないよね。膨らましただけっていうか」

千草は戸惑いながらも、思ったことをそのまま言葉にした。

感情的になって罪を犯し、後になって筋道の通った動機を作り上げる。自分ですらあれほど繰り返し訊かれたのだ。江藤は何度も尋問され厳しく追及されるうち、動機をそれらしく纏《まと》め上げた——決して有り得ないことではない。人から聞いた話を参考にすることもあるだろう。リホの話を取り入れることも。

理性を働かせて千草は自分を納得させた。落ち着くとともに疑問が次々浮かぶ。

「それに、江藤さんのホームページなんてないよね？　山の話なんて書いてないでしょ？　推理SFなんとかサークルがそれ見てコピペして裏ガイダンスに載せたっていうのも、全部あの子の……」

「あったんだよ」

重く低い声で山岸は言った。すっかり寒くなっているのに額には汗が滲《にじ》んでいる。

「ネットで調べたら出てきた。ホラー作家志望ETOのホームページが。あと推理SF心霊サークルにも聞いた。りーたんの言ったとおりだった。適当に検索して転載したって。だから」

山岸はここで息を継ぐと、

「つまり、全部当たってたんだよ、りーたんのドッキリが。こ、こんな偶然ってあるのかな」

「……まさか」

うっかり真に受けそうになるのを堪《こら》えて千草は返した。意識して苦笑いを浮かべてみせる。

「そんな偶然あるわけないよ」

「いや、でも実際」

「あの子は何て言ってるの？」

「いや、あれから会ってない。連絡もしてない」

「してみて、今。聞かないと」

強い口調になっていた。山岸は気圧《けお》されたように「おお」と答えると携帯を手にした。

昼休み。食堂の隅のテーブルで待っていると、

「おつかれさまです」

リホが現れた。かろうじて聞き取れる小さな声。顔はやつれて唇は青い。悲しみを湛《たた》えた目で二人を一瞥《いちべつ》すると、彼女は千草の隣に腰を下ろした。

息苦しい沈黙がしばらく続いた後、

「今朝のニュース見た？」

向かいに座っていた山岸が訊《き》いた。リホは「はい」と頷《うなず》く。

「……知ってたの？ 江藤さんのこと」

「いいえ」

リホは俯《うつむ》いて首を横に振った。

「じゃあホームページのこととか、転載のことも？」

「知りませんでした」

また首を横に振る。ややあって絞り出すように付け足す。

「自分でも信じられません。この前のは本当にただのドッキリで、何も知らずに……」

そこで言葉に詰まった。

明々と蛍光灯に照らされた騒々しい食堂の中で、黙りこくった彼女の周りだけが暗く見えた。千草は思わず声をかける。

「大丈夫？」

「……すみません」

リホはわずかに顔を上げ、口の端に一瞬だけ笑みを浮かべた。

「ショックだったので。何ていうか、じ……自分のせいみたいな気もして」

「それはないから」

山岸が取り繕った明るい声で打ち消す。

「りーたんは何も悪くないからさ」

「いえ」

リホは三度首を横に振ると、「失礼します、ごめんなさい」と席を立ち、足早に食堂を出て行った。

彼女の背中を千草は黙って見つめていた。遠くのテーブルで大きな笑い声がするのを聞くともなく聞いていた。

人の死や怪我を冗談のネタにするような子でも、落ち込む時は落ち込むらしい。

「……同好会どうなるんだろうな」

山岸がつぶやき、千草は我に返った。彼は「いや」とこちらに向き直ると、

「それよりあれだな、撮影は完全に中止。データも消えてるし。僕、部長じゃないけど誰が考えても確定だろ。ごめんな、散々振り回した挙句に放り出して」

「ううん。大丈夫」

千草は答えた。この流れで続ける方が嫌だ。それが正直な気持ちだった。

この後はどうしよう。用事らしい用事は済んだ。山岸と昼食を食べる気はしない。友

達と合流しようか。考えていると、

「ちょっといいか」

　山岸が難しい顔で言った。

「何？」

「完全な妄想なんだけど」彼はそう前置きすると、「言霊ってあるだろ。言葉には力があって、口にすると現実に影響するって考え方」

「聞いたことある」

「でさ、今回の件がまさにそれなんじゃないかって」

「え？」

　千草は返答に困った。意味が摑《つか》めない。黙っていると山岸は身を乗り出して、

「ドッキリが偶然にも現実と一致するなんて、可能性がゼロじゃないってだけで普通は起こらないだろ、やっぱり。でもりーたんがウソを吐いてるとも思えない。さっきの落ち込み具合はどう見ても芝居じゃなかった」

「うん。それは分かる」

「だから言霊だよ。りーたんのドッキリが――作り話が現実になったんだ」

「は？」

「供述が変わったのもそうだ。江藤さんは本当にただカッとなって伊勢原を殺したのかもしれない。仕返ししたくて僕らを襲っただけかもしれない。でもいつの間にか、江藤

さんの中で動機が変わったんじゃないか？　りーたんの語ったウソの動機が上書きされて、自分でそれに気付いてないんじゃないか？」

山岸はまたしても早口になっていた。どこか嬉《うれ》しそうな顔をしてさえいた。

「りーたん本人もそう考えてるんじゃないか？　だからあんなに落ち込んで、自分のせいみたいで云々《うんぬん》って言ったんじゃないか？　あの子はホラーが好きな可愛い一年生ってだけじゃない。言霊使い——喋《しゃべ》ったことを現実にする力を持ってるんだ。そっちの方がぜんぶ偶然ってより有り得そうだろ？」

「ないよ」

千草は呆《あき》れて答えた。あらかじめ妄想だと説明されていたが、ここまで突飛で子供じみたものだとは考えてもみなかった。後輩女子を訳の分からない理屈で飾り立てて遊んでいる。そのために殺人事件さえ出汁《だし》にしている。

山岸を睨《にら》み付ける。彼は曖昧《あいまい》な表情でこちらを見返している。

やはりこの人たちはおかしい。異質で麻痺《まひ》している。そう改めて認識する。

彼らと関わっていた自分が今更のように情けなくなった。

またしても力が抜けていく。

「馬鹿じゃないの……」

「えっ」

目を丸くする山岸に背を向け、千草は食堂を後にした。

ファインダーの向こうに

「次は階段お願いします。下から――」

「分かってるよ、アオらなきゃサマんなんねーだろ」

明神《みょうじん》さんはブツクサ言いながら玄関に立つと、二階への階段めがけてパシャパシャとシャッターを切り始めた。棒立ちで左手は添えるだけ。アングルを探りもしない。

俺は斜め後ろから明神さんの大きな背中を見る。広い肩。赤いTシャツ。黒く太い二の腕。十年近く前、初めて会った頃と同じだ。だが当時の覇気や威厳は見事なまでに消え失《う》せている。まだかろうじて「売れっ子カメラマン」だった頃のオーラは。

十枚も撮らずに明神さんはカメラを下ろした。面倒臭そうに俺をにらむと、

「もういいだろ、次は上か？」

「ええ、まずは上がってすぐの個室を」

「その前に一服するわ」

返事も訊《き》かずにリビングダイニングへと消える。庭から聞こえる蟬の声に紛れて、カチカチとライターの鳴る音がした。しばらくして「ふう」と煙を吐く音。そして舌打ち。

廊下に立っていたライターの野崎《のざき》が肩をすくめた。「剛《たけし》くん」と苦々しい笑顔で近寄って来ると、

「……巨匠はすごいね」

と小声で言う。俺はしかめっ面で返し、首に巻いたタオルで汗を拭《ぬぐ》った。

ここ五年で明神さんの仕事は激減していた。同業者からもそう聞いていたし、俺が在籍するオカルト誌『月刊ブルシット』編集部も、彼に頼まなくなって随分経つ。

現場でアシスタントや編集者に怒鳴り散らす。手や足が出るのは毎度のことで、グラビア撮影ではアイドルにセクハラ三昧《ざんまい》。それで事務所と揉《も》めたのも一度や二度ではない。

昔はそれで良かったのだろう。業界がまだ若く、金も余裕もあって、アガリさえ良ければ上手《うま》くやっていけた二十世紀は。

世紀が変わり景気が悪くなり、俺が『月刊ブルシット』で働き出してほどなく、業界はデジタル撮影へと本格的に移行し始める。その頃から他誌で「写真／明神義則《よしのり》」のクレジットを見ることが減った。翌年には見なくなった。

編集長の戸波《となみ》さんが、彼を切ったのもこの時期だ。「フィルムは予算的に厳しい」という理由だったが、本当にそうならデジカメで撮るよう頼めば済む話だ。よそと同じ建前で厄介払いしたのは、せいせいした顔からも明らかだった。若い頃にいろいろあったらしい、と先輩の佐々岡《ささおか》さんから聞いたことがある。湯水《ゆみず》さんが告訴したとかしないとかいう話も。

その佐々岡さんがいつだったか、彼が凋落《ちょうらく》した理由を端的に説明した。

「若いヤツがいずれ偉くなる——自分を使うか選べるようになるって、いっこも考えてなかったんでしょ。超一流ならいざ知らず」

俺は明神さんに悪感情はない。幸い殴られたことはなかったし、何より写真にハマるようになったのは、彼の写真に惹《ひ》かれたのがきっかけだったからだ。人柄とは裏腹に、明神さんの写真は自然で妙なあざとさもなく、不思議と親しみが感じられた。

現場では彼に食らいついて、撮影について知りたいことは全部訊《たず》ねた。「ド素人が」と罵倒《ばとう》されたことは何度もある。だがムキになって勉強していくうちに、いつしか自分でも写真を撮るようになっていた。今では他社からカメラマンの仕事を請けている。月に二、三回。戸波さんにもヨメにも隠している小遣い稼ぎ。

だから本当は、今日の現場も自分で撮った方が早い。カメラマンに出さない代わりに、その金で霊感アイドルでも呼んだ方が分かりやすいページになる。それでも久々に明神さんに発注し、「徹底検証！　霊が棲《す》む都内ハウススタジオ」などという地味な企画を押し切ったのは、半分は恩返しの気持ちからだった。もう半分は遠回しに事実を突きつけるためだ。

今の明神先生には、こんな仕事しか回せないのだと。

「おーい周防《すおう》、ファンタは？」

リビングダイニングから声がした。出会った頃なら「おい！」で済ませていただろう。

今は気を遣っているのだ。進退窮まっていることはとっくに自覚している。だから二十歳近く年下のガキにも丁寧であろうとしている。でも自分で冷蔵庫から出すという選択肢は思い付けないでいる。

増長という名の階段を上り切った人間は、二度と降りては来られない。よくて一段か二段だ。どんなに手を差し伸べても。

「すぐ用意します」

俺は野崎に目配せして、明神さんのもとへ駆けて行った。蟬の声が一際大きく鳴り響いた。

どすどすと足音を鳴らして、明神さんは階段を上り、すぐ目の前の個室に入る。扉は予《あらかじ》め開け放っておいた。俺と野崎はその後に続く。六畳ほどの洋室。内装は白とピンクの少女趣味だ。

「ここがメインだね」

野崎が段取りで言う。俺は「ああ」と段取りで答える。彼の事前のリサーチでは、この個室で「怪異」が観測されるケースが一番多いという。

スタジオビーンズ上石神井《かみしゃくじい》A。通称「ビーンズAスタ」。二階建ての一軒家。かつては製薬会社の重役の持ち家だったらしいが、何らかの事情で手放され、ビーンズが十五年前に買い取って今に至る。重役氏の売却、そして関係者の間で何年も噂されている怪異に関係ありそうな事件事故は、野崎が確認した限りでは見つかっていない。おそらくその手のいわくは存在しないのだろう。野崎の仕事は信用できるからだ。

知り合ってすぐ、「一緒に仕事したい」と思えた最初のライターだった。歳が一つしか違わないのも、同期が増えた気がして心強かった。何度目かの飲みで「タメ口にしませんかね？」と訊いた時、彼は「ぜひ」と初めて笑顔を見せた。互いの結婚式にも招待し合った。野崎が離婚した時はひたすらUMAの話で夜を明かした。

「メイン？」

明神さんがカメラを肩にかついだまま、「じゃ今までのはオマケか？」

「いえ、とんでもない」

俺より先に野崎が答えた。バレバレの愛想笑いを浮かべながら、

「怪現象は一階でも、さっきの階段でも起こっているようですが、一番多く目撃なり、体験なりされているのがここなんです。音がしたとか、人影を見たとか。それを便宜上メインと表現したに過ぎません」

「ああそう。で？」

「なので最初は部屋全体の写真――」

「おい」明神さんは顎《あご》を突き出して、「お前ライターだろ？　何の権利で俺に指図してんだよ」と凄《すご》む。

野崎は笑みを崩さず、「大変失礼しました、出すぎた真似をして申し訳ありません」と慇懃《いんぎん》に詫《わ》びて下がる。明神さんに見えないところで唇をひん曲げてみせる。俺は「すみません」とかしこまって、欲しい写真を説明する。

入り口から部屋全体を。続いてベッドを。持参した青いボールを枕元から床に転がす。古参のスタジオマンの目撃例を再現するためだ。扉を開けた瞬間、ベッドの上からコロコロ転がり落ちてきたという。

明神さんは何も言わずに、惰性でシャッターを切り続けた。

次は窓。二階なのにトントンと叩《たた》く音がした、というありがちな話も聞いている。

その次はベッドの下。床に水が溜《た》まっていたことが何度かあったらしい。窓との位置関係から雨が流れ込んだとは考えにくい。天井や壁からの水漏れだとするとベッドの下だけに水が溜まるのは変だ。古い家ではあるが床は傾いても凹《へこ》んでもいない。ビー玉を置いて水平を検証し、その様子も撮ってもらう。

「次はいよいよメインのメインです」

野崎がことさらに声を張った。明神さんがにらむのを気にもせず、「この何の変哲もない、両開きのクローゼット。この中から音がした、声がした、ないはずのモノが出てきた。そんな証言が集まっています。では周防くん、明神先生にディレクションを」

芝居がかった動作で身を引く。俺は表情が出ないように「じゃあ最初に」と明神さんに向き直った。「ヒキで全体を……」と言いかけたところで、

かたん
背後から音がした。振り向くと同時に再び「かたん」と鳴る。

音はクローゼットの内側から聞こえていた。

野崎の目が怪しく輝いていた。

「……仕込みか？」

最初に口を開いたのは明神さんだった。「ドッキリなんぞ仕掛けてお前ら」

「いいえ」

俺はきっぱりと言った。いくらなんでも明神さんにそんなことはしない。

「ドッキリなら最初からV《ブイ》回してますよ。今日は持って来てもいませんし」

「だったら今のは」

俺は肩をすくめて、

「確かめましょう。検証です。ヒキで全体を」

そう指示を出した。明神さんはむくれながら、「はいよ」とシャッターを切った。

野崎と俺とで、クローゼットの取っ手をつかむ。腕を伸ばして左右に離れ、なるべくフレームに入らないようにする。明神さんが正面からカメラを構える。

野崎は空いた手で携帯をかざしていた。動画だ。指示はしていないが有難い。画質も絵づらも期待できないが、撮らないよりはマシだった。

奇妙な音がする。気配がする。録音したインタビューの音声が消えている。間違いのあるデザインデータが何度修正しても元通りになっている。プリンタが真っ白な紙を何十枚も吐き出して壊れる——

仕事柄と言っていいのか、こうした話はそこかしこで耳にする。だが実際に目の当たりにするのは今回が初めてだった。とはいえ安易に霊か何かの仕業にするつもりもなかった。

一番有り得るのは家鳴りだ。その次は、中のモノがたまたまこのタイミングで動いただけ。続いて虫、そしてネズミ、といったところか。

それでもこうして全力で挑むのは、やはり心のどこかで期待しているせいだ。科学でも理性でも説明がつかない、不思議なモノに出会えるかもしれない。決定的なことを目の当たりにするかもしれない。

目を合わせ、合図をして、俺と野崎はゆっくりとクローゼットを開けた。

パシャパシャ、とシャッターを切る音が二度続いた直後、

「うっ」

明神さんが大きくのけぞった。ファインダーから顔を離し、何度もまばたきしてクローゼットを見つめる。

「どうされましたか」

野崎が訊《き》くと、彼は、

「……何でもねえよ」

舌打ちして、尻《しり》ポケットからクリップオンを取り出した。

クローゼットは意外なほど奥行きがあった。元は押入れだったのだろう。腰の高さに棚があり、上下に仕切られていた。上段にはくしゃくしゃの大きな黒い布。分厚い埃《ほこり》が積もっていた。棚自体にも。

しゃがんで下の段を確認する。汚れたモップ。蚊取り線香のサビだらけの缶。固まった青いゴム手袋。緑色のホースがとぐろを巻いている。こちらも全て埃にまみれていた。

明神さんに指示を出す。彼は近寄ってシャッターを切る。クリップオンからのフラッシュがクローゼットの壁と中身を何度も照らす。

「こんなもんでいいか」

「いえ。中身も出しましょう」

俺と野崎でまずは上段の布をそっと引っ張り出し、部屋の隅に置く。布の下の木目には埃は積もっていない。かなりの期間使われていない証拠だ。そしてスタジオマンが見えないところは掃除しない方針である証拠。

上段を撮り終わり、次は下段。舞い上がる埃に何度もくしゃみをして、どうにか全てを取り出す。明神さんがクローゼットの前にしゃがみこんだ。

下段に向けてカメラを構えた瞬間、彼は再びのけぞった。

目が見開かれている。日に焼けた顔が強張《こわば》っている。再びカメラを構え、すぐ下ろし、彼はあんぐりと口を開けて、

「どうなってるんだ……」

とつぶやいた。俺は中腰で身体を折り曲げると、クローゼットの下段を覗《のぞ》き込んだ。

そこかしこに舞う埃。奥の白い壁。床の木目。それ以外は何も見えない。

「何か」野崎が明神さんのすぐ隣に片膝《かたひざ》を突くと、「気になることでも？」と訊いた。

明神さんはハッとして、

「目が疲れてるだけだ。仕事が続いたからな」

と、悲しいウソを吐いた。その顔が不意に歪《ゆが》む。野崎をにらみ付けて、

「お前何撮ってんだよ。俺のこと盗撮してたのか？」

「あ、いえ」

野崎は携帯を下に向けると、

「録音用です。あわよくば先ほどの音が鳴らないかと」

「ふざけんな。人の撮影中に許可なく回してんじゃ――」

「すみませんっ」

俺は二人の間に割って入り、「こちらの段取りミスです、すぐに停止しますので、引き続き――」

すとん
乾いた音が響いた。すぐ目の前からだった。俺たち三人は同時にクローゼットの中を見た。

小さな四角い、白っぽいモノがあった。さっきまでは何もなかったはずの床に転がっている。

一冊の本だった。小さい割には分厚い。端が折れ曲がり、茶色く変色している。カバーはない。

「……明神さん、お願いします」

自分でも呆《あき》れるほど緊張した声で、俺は指示を出した。明神さんはカメラを構えようとしてためらい、ファインダーをのぞかずにシャッターを切った。


本のタイトルは『絶叫！　恐怖の心霊写真集3』だった。ドロドロとした字体で表紙と背にそう書かれている。厳密には表紙が「3」で、背が「PART3」。雑な作りだ。

表紙の中央に写真がレイアウトされていた。元はカラーなのかもしれないが、表紙は白黒だから当然白黒だった。古い家の庭から縁側を撮ったものだろう。奥の暗がりに浮かんだ白いものが、マルで囲まれていた。傍らには白いものを指す矢印。そして「地縛霊の姿が写真に……！」というキャッチ。

パラパラとめくってみる。どのページにもスナップ写真が大きく載っていて、人物の目は黒い線で隠れている。身体を横切る光。肩に添えられた手。壁に浮かんだ顔に見えないこともない染み。古いせいか折り癖がつき、いくつかページが抜け落ちていた。

典型的な心霊写真本だった。古き良き、と言った方がいいかもしれない。今はデジカメと画像編集ソフトが普及した結果、心霊写真にかつてほどの魅力はなくなっている。誰でも画像を加工できるなら、何がどう写っていようと奇妙ではない。ましてや恐ろしくもない。

本のどこを探しても、発行日はおろか、出版社名も価格も書かれていなかった。

「別に変なことじゃない」

野崎が言った。隣の席で余ったお握りを頬張りながら、

「カバーに印刷されていたんだろう。その手の本には結構あるよ」

と続ける。

午後五時。ギガ出版ビル三階の編集部で、俺と野崎は駄弁《だべ》っていた。小道具を片付け、明神さんの撮った写真をパソコンにコピーしている最中だった。他の編集部員は取材や撮影で出払ってしまい、俺たち以外は誰もいない。

「動画はどうだったよ」

俺が訊くと、野崎は苦々しい表情で、「ノイズがうるさい上に巨匠の声がカブッて、肝心の音は聞こえないな。後で送るけど」と、残念そうに言う。

明神さんは撮影が終わるや、自分でさっさと荷物をまとめて「お先」と国産車で帰っていた。データの入ったSDカードを俺に投げ、「また取りに行くから」と言い残して。

移し終わった画像の入ったフォルダを開き、サムネイルを眺める。画像は全部で三二

六ファイル。掲載ページ数から考えて妥当な枚数ではあった。

画像を開いて順繰りに、ざっと閲覧していく。スタジオの外観。入り口。玄関。庭、リビング、トイレ、浴室、階段、そして二階に上がってすぐの個室。

機械的にマウスを叩《たた》く指が止まったのは、クローゼットを開いた直後の画像を見た時だった。

「……何だこれ」

思わずそう口にしていた。

画像には川原が写っていた。晴天。手前には雑草と黄色い地面。ちらほらと白い花が咲いている。広い川の対岸には芝生、その向こうには戸建ての屋根がいくつも並んでいる。風景写真だった。よくあるような、それでいて懐かしいような景色。

野崎がいつの間にか、すぐ隣から覗き込んでいた。

「巨匠がよそで撮った写真か？　それが紛れてるとか」

俺は直前の画像を見る。開け放たれたクローゼット。ファイル名の末尾は０２１７。そして問題の画像は０２１８。別の場で撮った画像が、たまたま連番になる確率は極めて低い。それ以前に、同じフォルダに入っていることが不自然だ。データに記録された撮影時刻も本日まさにあの頃を示していた。前後の画像とも連続していた。

野崎は口元に手を当てて、

「じゃあ、あのクローゼットを撮ったら、これが写ったってことか？」

と、訝《いぶか》しげに言った。俺もそう考えてしまっていたが、改めて言葉にされるとなおさら意味が分からない。苦笑いが浮かびそうになる寸前、昼間の記憶が不意に蘇《よみがえ》った。

「明神さんのこと覚えてるか。撮影中の」

そう訊くと、野崎はうなずいて、

「巨匠の様子が変になったのは、まさにこのタイミングだ。クローゼットを開けた直後。あの時の彼の行動と、今の状況から判断すると――」

モニタに大写しになった川原をにらみ付けながら、

「――ファインダー越しに見たのかもしれないな、この景色を」

非科学的な妄想だけどね、とすぐに補足して、椅子をギイと鳴らした。

机に置いた『絶叫！　恐怖の心霊写真集3』が目に留まる。

紛れ込んだ風景写真。明神さんの奇妙な言動。そしてこの本があの場に現れたこと。これは怪異だ。俺たちはオカルトめいた出来事の只中《ただなか》にいるのだ。少なくとも今のところは、そう考えざるを得なかった。

誌面的には美味《おい》しい。とはいえ悠長に調査する時間はない。余裕を持ってスケジュールを組んではいたが、ページの入稿締切は翌週の金曜だった。

撮影翌日、俺は出社してすぐ戸波さんに報告そして相談をした。

「そりゃ是が非でも追わないとな」

給湯室で戸波さんは煙草を吹かす。煙が換気扇に吸い込まれていくのを眺めながら、

「お前ラッキーだなあ。そんなん目の当たりにして」

と羨《うらや》ましそうに言った。ハイともイイエとも返せず、

「進行は守るんで、できるだけ……」

「いや」戸波さんは俺に向き直ると、「ギリまでやりゃいいよ。本当にギリのギリ。原稿責了になっても構わない。ま、編集長の言うことじゃないけどな」

くっくっ、と楽しそうに笑った。

「欲を言やあ、物騒な事件事故が絡んでくれてたらいいんだけど」

そう続ける。たしかにその方が誌面が派手になるし、間に合うなら表紙にだって打てる。例えば「リアル『呪怨』！　惨死した家主の怨念《おんねん》が訪問者を呪う都内某スタジオ！」とでも。だがスタジオ自体にはそうした因縁はないらしい。

野崎から聞いた調査結果を説明しようとすると、

「いいって。あくまでこっちの願望だ」戸波さんは煙草を咥《くわ》えて、「上司の期待に沿うようなページ作んなよ。推論はともかく捏造《ねつぞう》は絶対にダメだからな」

と、薄笑みを浮かべて言った。目だけは真剣だった。

俺は礼を言って席に戻ると、すぐさま野崎に電話した。正式に追加の調査を依頼し、スケジュールを伝える。

「それで早速なんだが……」

「ちょっと待ってくれ」

野崎が関西弁で遮った。そういえば大阪生まれだったな、と思い出す。普段は全く訛《なま》らないのにどうしたことだろう。

「何か問題があるのか」

「いや……」彼は少し躊躇《ためら》って、「大丈夫だ。オファーありがとう。考えてみれば先月一誌、休刊になって余裕ができたんだ」と言った。いつもの標準語に戻っていた。

そこからの野崎は迅速だった。まずは明神さんに画像をメールし、電話で質問したという。この画像は別の日に撮影したものか。そうでなければ何だと思うか。この風景には見覚えがあるか。そしてあの日、この風景を見たのか、と。

意外にも、明神さんは鬱陶《うっとう》しがることもなく答えてくれたらしい。

最初の質問への回答は「それはないな」だった。二つ目は「分からない」、三つ目は「ない」。そして四つ目は「ああ」。

予想通りだった。そして理性的に考えると最も不可解なことだった。

「つまり――見えるはずのないものをご覧になった、と」

「ファインダー越しに、だけどな。肉眼では普通だった」

明神さんは淡々と答えたという。あの日の言動と確かに一致している。

「お心当たりはありますか」

「あるわけねえだろ」彼はここで鼻で笑うと、「あそこじゃよく変なことが起こるんだろ？　だったら霊か何かの仕業じゃねえのか。そういうの調べんのはお前らだろうが」と、例の調子で言ったそうだ。

電話取材を終える直前、野崎はふと気になって、こう訊《き》いたという。

「純粋に写真としていかがですか、あの風景は」

「そりゃお前、下手クソの一言だ」明神さんはきっぱりと、「ピントは甘いし、構図もイマイチ。何を撮りたかったのかサッパリ分からない」

「手前が空きすぎてるのは、自分も思います」

「ああ、ここに人でも立ってりゃまた別だけどな。それでも普通のスナップ写真ってとこか」

どっちにしろつまらん写真だ——と、明神さんは言い切ったらしい。

以降の調査はとりあえず野崎に任せて、俺は他のページの編集に集中した。惰性とまでは言わないが機械的に、効率重視で進めた。頭の中はスタジオと画像、そして例の心霊写真本のことで一杯だった。

野崎はビーンズのスタッフ、元スタッフ、それどころか前の家主の親族にまで会ったが、めぼしい発見は何もなかった。前の家主の頃に二度、スタジオになってから一度リフォームした、ということが分かったのみ。

本についても同様だった。一九八八年に発行されたものであることはすぐに判明したが、出版社は二十一世紀になる前に倒産していた。その筋の愛好家にメールで訊いても、「ケイブンシャの大百科シリーズに便乗して粗製乱造されたうちの一冊でしょう」と、俺でも言えるような返事が来ただけだった。

「写真は進展があったよ」

野崎はげっそりした顔でアイスコーヒーを啜《すす》った。目の下に黒々と隈《くま》ができている。週が明けて水曜日の夜。ギガ出版ビルからほど近い喫茶店で、俺は野崎からの報告を聞いていた。

「何か分かったのか」

俺はつい身を乗り出して訊いてしまう。野崎は眠そうに目を擦《こす》ると、

「あの川は多摩《たま》川だ。場所は狛江《こまえ》の辺り。つまり北側の岸から南に向かって撮ったものらしい」

言い終えて大きな欠伸《あくび》をした。

俺は驚いていた。短期間でここまで分かったこと、野崎がそこまで調べたことはもちろんだが、出てきた地名に最も驚いていた。

「……俺の実家のあたりじゃないか」

「だったね」

俺は舌打ちして、「気付けばよかった。何回も見たんだけどな」とつぶやく。

「仕方ないさ。今とは随分様子が違う」

そう言うと、野崎は残ったアイスコーヒーを一気に飲み干した。明らかに言外に含みがある。黙って見ていると、野崎は口元を拭《ぬぐ》って、

「昔の住宅地図と照合して、だいたいの裏は取ったよ。この景色はおそらく八〇年代中頃のものだ。過去の風景なんだ。撮ろうとしても撮れない。ま、巨匠がイタズラ心を発揮して、事前に古い写真か何かをスキャンして、データを改竄《かいざん》してSDカードに入れといた——なんて可能性もなくはないけど」

かすかに唇を歪《ゆが》める。冗談なのは明らかだった。明神さんはそんな馬鹿げた真似はしない。そんな心の余裕があるとも思えない。

「……余計に謎めいてきたな」

俺は思わずそう漏らす。ぐったりと椅子にもたれている野崎に、

「問題は誌面だ。締切が迫ってる。撮り下ろしたスタジオの写真に別の場所が、それも過去の風景が写っていました、ってだけでも何とかなりそうだが……」

そこまで言って黙る。言いづらいことを口にしかけたところで、

「調査は続けさせてくれ」

野崎は身体を起こすと、

「ひとまず今月は現状報告。次号では結果を。それで戸波さんに掛け合ってくれないか

な。ギャラはまあ、適当でいいよ」

　と言った。充血した目がぎらぎら光っている。

「無理させてすまんな」

「今が無理のしどころさ」

　野崎は背もたれから背を離すと、

「本物、いや――本物かもしれないと少しでも思った怪現象には、軽い気持ちで関わっちゃいけない。さもないと大変なことになる」

　ごりごりと首を鳴らす。

「どうした？　急に霊能者みたいなこと言い出して」

　俺は思わず苦笑しながら訊いた。野崎は少し考えてから、

「俺のルールみたいなもんだ。忘れてくれ」

　と、力なく笑った。

　終わったら焼肉を奢《おご》ると約束して、俺は編集部に戻った。

「あのさあ周防」

　報告と相談を済ませると、戸波さんは机に足を乗せて、

「昔の写真が撮れましたって誌面《おつしや》でどう表現するんだよ」

　と、呆《あき》れたように言った。仰るとおりだった。何とでも言える。ウソも吐き放題だ。野崎ならそれらしい記事にできる、と軽く考えていたせいもある。俺は浮かれていた。

怪異を目の当たりにして冷静さを欠いていた。

「すみません。ギリギリまで引き続き——」

「頑張りな」

ニヤニヤと笑いながら、戸波さんはアイマスクを付け、腕を組んだ。今日から泊まるらしい。その前に仮眠するつもりなのだろう。

席に戻ってしばらく仕事を続けたところで、

「周防。最悪の場合、オチの付け方は分かるよな？」

戸波さんがアイマスクのままで言った。俺は少し考えて、

「霊能者に見てもらう、です」

と答えた。俺が今回あえて採用しなかった方法を最後の最後にやる、というわけだ。

悔しくはある。霊能者は胡散《うさん》臭くもある。でもページは作りやすい。そしてウソを書かずに済む。

彼ら彼女らはこう見えたと証言している、俺たちはそれを記事にしただけである——責任回避といえばそれまでだが、ウソを吐いたことにはならない、というわけだ。

「それなんだけどさ」

戸波さんが身を乗り出した。アイマスクをずらして、

「知り合いの知り合いに、見える子がいるんだって。話だけ聞いたら割とホンモノっぽいし、おまけに結構若いらしい。いつものメンツに頼むのもいいけど、このタイミング

じゃ受けてくれないかもよ」

皆さんお忙しいからねえ、と皮肉めいた口調で言う。

「そいつを試せってことですか」

「ちょうどいいと思うよ、新規開拓に」戸波さんはニヤリと笑うと、「バーの店員らしいから、店に行きゃ会える。前から気にはなってたんだけど、高円寺は家から逆方向でさ」と言った。

案の定、うちでよくお願いしている霊能者は全員、多忙を理由に依頼を断った。野崎の調査も進展はなかった。

金曜日。本来なら印刷所に入稿しているはずの日の、午後七時。俺と野崎は高円寺のバー「デラシネ」に向かった。事前に電話してアポは取ってあった。

戸波さんのいう「見える子」――比嘉真琴《ひがまこと》に会うためだ。

雑居ビルの一角。他に客のいない店内の一番奥のテーブルで、俺と野崎は待った。遅刻しているらしい。マスターは申し訳なさそうな笑みを浮かべて、「すみません、昨日飲み過ぎちゃったみたいで」と何度も頭を下げた。

「期待はしてない」野崎は小声で、「不思議ちゃんのキャラ作りとやらの一環に、霊感はよく使われるからな。霊的な現象はあっても、霊能者なんていないさ」と、煙草に火を点《つ》けた。今更といえば今更の話だ。俺は「まあな」とだけ返した。

七時半。ドアがキイと鳴った。「ごめんなさい」と弱々しい声がして俺は振り返る。白い髪をボサボサにした小柄な若い女性が、小走りで近寄ってきた。大きな目。はっきりした顔立ち。黒いシャツ。俺たちの前で立ち止まるなり、細い身体を縮めて両手をパンと合わせた。

「比嘉です、ごめんなさい起きたら七時」

そこまで言うと、彼女は不意に目を剝《む》き、両手で口を押さえた。「うぐっ」と声が漏れる。不自然な姿勢のまま身体の向きを変え、小走りでカウンターの奥の扉に消える。

派手に水の流れる音がした。

マスターが心の底から申し訳なさそうに、また頭を下げる。野崎が眉間《みけん》に深々と皺《しわ》を寄せて、煙草の煙を吐き出した。

「編集長……」

ぐったりと椅子に座った真琴に、とりあえず氏素性を名乗って端的に用件を伝える。編集長の戸波に聞いた、と明かすと、彼女はそうつぶやいた。

「知り合いの知り合いに、たしかオカルト雑誌の編集長がいるって前に。すごいカッコイイ――」

「多分それです」俺はうなずくと、「カッコイイかは分かりませんが。で、ちょっと困ったことがあって、是非ともお力をお借りしたいと」と話を戻す。

「はい。でもお役に立てるかどうかは」

力なく言う彼女に、俺はことの次第をかいつまんで説明した。野崎はほとんど口を挟まず、露骨に不審そうな目で彼女を見つめていた。

話の締めは金額交渉だった。寂しい額面を伝えかけたところで、彼女は、

「いいです。要らない」

と首を振った。

「こちらとしても、ビジネスとしてお願いしたいんですが」

俺は苦笑しながら、

「もらえません」彼女はきっぱり、「姉ちゃんくらいやんないと無理」と言った。姉がいるのか。問おうとしたところで、

「それより、その写真ありますか。昔の景色のやつ」

真琴はそう訊《き》いた。編集部のタブレットを手渡すと、彼女はまじまじと液晶を見つめて、「あと本も」と顔を上げる。これも手渡す。パラパラとめくり、何度か手を止めてから、

「スタジオ……ふうん……」

そう言って、頭をバサバサと掻《か》いた。

「地縛霊の仕業ですかね」

野崎が唐突に訊いた。口元には笑みが浮かんでいる。

「それか浮遊霊の通り道になっているとか。鬼門かどこかから、或《あ》いはほど近い石神井

公園の池から。霊の溜《た》まり場になっているかもしれない」

　煙草を灰皿に置いて、挑むように前かがみになる。牽制《けんせい》、いや挑発だ。オカルトめいた言葉や言説を羅列して、自称霊能者——それも二日酔いで現れた相手に仄《ほの》めかしているのだ。その手の話は聞き飽きた、と。

　真琴はきょとんとした顔で野崎を見ていた。

　ややあって、彼女は首をかしげると、

「えーっと、たしか」

「野崎です」

「野崎さん。その——ジ、バ、ク、レ、イ、って、何、で、す、か」と訊いた。「わたし難しい言葉知らなくて。姉ちゃんなら分かるだろうけど」と、恥ずかしそうに微笑する。

　俺と野崎は顔を見合わせていた。想定外の発言に二の句が継げなくなっていた。とぼけているようにも、ふざけているようにも見えない。彼女は真剣な顔をしていた。やつれた様子さえいつの間にか消え失《う》せていた。

「失礼。忘れてください」野崎は神妙になって、「分かる範囲だけでも教えていただければ」と居住まいを正す。

　真琴は口をへの字にすると、

「なんとなーく分かるんですけど、確かめないといけないことがあって」

「というと？」

野崎が訊く。

「これ、締切がヤバいんですよね。急ぎの方がいいですよね？」

彼女は答えず、逆に質問を投げかける。

「ええ。こちらの都合を申し上げれば、週明けにでも」

野崎が打ち返す。

「じゃあ」彼女は俺と野崎を交互に見て、「スタジオ、明日《あした》行けますか？　空いてますかね」と言った。

俺は面食らった。協力的なのはありがたかったが、ここまで積極的だと逆に戸惑う。それに明日は両親が来る。どうしたものか。とりあえず礼を言おうとしたところで、真琴の顔が蒼白《そうはく》になっていることに気付く。

「うえ」

彼女は再び口を押さえて、トイレに駆けて行った。

野崎が半信半疑な顔で、煙草を咥《くわ》えた。

翌日。真琴はスタジオを調べに行った。野崎が同行を買って出たのだ。両親の遠回しな催促――早く子供を作れ――を曖昧《あいまい》に受けながしながら、俺は時間が過ぎるのを待った。ヨメも気丈に対応していたが、うんざりしているのは端から見ても分かった。

両親が帰ってようやく安堵《あんど》していると、野崎からショートメールが届いていた。「明日は動けるか。巨匠は来る」

何故ここで明神さんが出てくるのか。とはいえ事態が動いているのは分かった。ヨメに許可を得て俺は即座に返信した。「動ける。何があった？」

野崎から返って来たのは、さらに短い一文だった。

「比嘉真琴は本物だ」

日曜、午後六時。俺は指定された場所に来ていた。まだ明るいが日差しは穏やかで、芝生を鳴らす風が心地よい。多摩川の川原だった。写真に写っていたあの場所だという。

遠目からでも真琴は目立った。ボサボサの白い髪。派手な絞り染めのTシャツを着て、川のすぐ近くに佇《たたず》んでいた。傍らには野崎が突っ立っている。

周囲にはたくさんのカラスが舞っていた。十羽ではきかない。

階段を降りる途中、駐車場から苛立《いらだ》たしげに歩いてくる、日に焼けた中年男性が見えた。明神さんだ。カラスをいまいましそうに見上げながら、肩をいからせて野崎たちの方へ足を進める。二人に向けて口を開く。

「……っせーだろ、エサでも撒《ま》いたのか？」

小走りで駆け寄ると、野崎が「よお」と片手を挙げた。比嘉真琴が「すみません」と明神さんを向いて、

「勝手に呼んじゃうんです。体質っていうか」

「あ？」明神さんは挑みかかろうとして黙る。

「……誰だ、あんた」

「ええと」彼女は頭を掻いて、「比嘉真琴と言います。お忙しいところお呼び立てしてすみません」と一礼した。

ただの挨拶《あいさつ》に過ぎないが、今の明神さんには嫌みにしか聞こえないだろう。案の定、彼は更に不機嫌そうに顔をしかめた。

「明神さんですか、カメラマンの」

真琴が訊《たず》ねた。彼は「ああ」と面倒くさそうに答える。

「で？　何なんだよ、こんなとこ呼び出して。あの写真のことなら俺はどうでも――」

「あれは明神さん宛ですよ」

唐突に彼女が言った。突然の言葉にさすがの巨匠も黙る。カラスの声が騒々しく周囲にこだましている。

野崎が神妙な顔で明神さんを見つめていた。

「あのスタジオは、ちょっとした穴が開いてるんです。普通の穴じゃないですけど」

ゆっくりと真琴が話し始めていた。俺は今更になって、この集まりの意味を理解していた。真相が明かされるのだ。

「この世とあの世を繋《つな》ぐ穴っていうか……リフォームや増改築を繰り返した家は、たまにそうなるんです。変な空間ができたり、逆に必要な空間が潰《つぶ》されたりして、いろいろおかしくなる」

今のところ、彼女の言葉は理解できた。よくあるオカルト的な言説の範囲内だからだ。決して目新しいものではない。

「でも行き来はできないんです。なんていうかなあ」真琴はまた頭を掻《か》くと、「あの、刑務所の面会室？　アクリルの壁で仕切ってるやつ」と、物騒な喩《たと》えを出した。

俺は思わず苦笑した。

「ははっ」明神さんも笑った。「あんたさっきから何言ってんだ？　そんな話、俺にしてもしょうがねえだろ」

「しょうがなくないです」

真琴はきっぱりと言った。「ていうか本当は明神さんにだけ教えたい」

「ああ？」

「周防さんに――編集部に依頼されたから、こうして話してますけど、できるならこっそり伝えたいんです」

「お嬢ちゃん」

へらへらと明神さんは笑った。歩み寄って、「言いたいことがあるならさっさと言いなよ。俺もさ、そんなにヒマじゃないんだ」

「ヒマじゃないんですか？」

彼女は真顔でそう訊いた。またしても明神さんの表情が険しくなった。何か言おうとしたところで、

「ヒマそうだったから心配で、それであそこに来たんですよ。あの人は」

明神さんはどす黒い顔のまま口をつぐんだ。

真琴は野崎に目配せした。彼は鞄《かばん》から封筒を引っ張り出す。中から取り出したのは、一枚の写真だった。あの風景が写っている。野崎が歩み寄って、明神さんに写真を手渡した。

「プリントしてもらいました。それ、見覚えありませんか」

真琴が囁《ささや》く。明神さんはしばらく写真を眺めると、ふんと鼻を鳴らして、「いいや」と一言で答えた。

「見覚えがないと困るのか、お嬢ちゃん」

へっ、と吐き捨てるように笑う。真琴はまるで気にした様子もなく、

「明神さんが撮った写真です。三十年近く前に、ここで」

と言った。意外な言葉が次々に飛び出して、俺は事態が摑《つか》めなくなる。明らかに小出しにしている。何か意図があるのか。

野崎に視線を向けると、彼は人差し指を口に当てた。黙って聞いてろ、ということか。

カラスの声が聞こえなくなっているのに気付いた。見上げると一羽も飛んでいなかった。ねぐらに帰ったのか、と気付いた時、俺は更に大きな変化に気付いた。

明神さんが両目を大きく開いて、食い入るように写真を見つめていた。摘《つま》んだ指先が震えているのが分かった。頬に手を当て、何度も擦《さす》って、彼は、

「……いや」

とかぶりを振った。

「たしかにこの写真は……でもおかしい。有り得ない。こんな」

「恥ずかしい、かったんですよ」

真琴がまたもや予想外のことを言った。明神さんはあんぐり口を開けたまま、彼女を見返した。続きを、説明を求めているのだ。

しばらく考え込む仕草をしてから、彼女は、

「心霊写真ってありますよね。ていうか昔はありましたよね」

「ああ」

「あれ、たまにホンモノもあるんですけど、その、本当に霊が写ってる」

「……ああ」

明神さんは視線で先を促す。

真琴は深く息を吸って、

「その女の人も、明神さんの写真に写ろうとしたんです。スタジオで」

明神さんがハッと息を呑《の》む。

「でも撮られるの苦手で、それでも気付いてほしくて」

目がさらに見開かれ、口がさらに大きく開く。

「いろいろ頑張って、こうなったんです。自分以外が写るように。三十年前の写真と同じ景色になるように。そしたら分かってくれるだろうって」

静かに言って、真琴は明神さんを見つめた。

辺りは薄暗くなっていた。対岸の建物の窓から灯《あか》りが漏れている。

「……美貴《みき》が、あそこにいたのか」

明神さんが囁いた。女の名前だ。

「すっかり忘れてた。捨てちまったからだろうな。あいつの写真は全部」

「亡くなったから捨てたんですか」

真琴が訊《き》いた。俺はもう驚かなくなっていた。明神さんもそうなのだろう。小さくうなずくと、

「お嬢ちゃんの言うとおり、あいつは写真を嫌がってな。それでも説得して、どうにか撮った。十枚くらいかな、ここで。そしたら半年もしないうちに、事故で」

まだ駆け出しの頃だったよ、とつぶやいた。誰も何も答えなかった。

何となく事情が見えていた。明神さんがかつて交際していた、ミキという女性の霊が怪異を引き起こした、ということらしい。自分が写真に写ることがどうしてもできなくて、ああいう風景を焼き付けることにした、という。明神さんがかつてここで撮った、彼女の写真の背景を。

霊はそういうこともできるのか、という気もする。しかしそれを言うなら「幽霊が写真に写るのか」から問い直さなければならない。心霊写真がアリで念写もアリなら、霊による念写もアリかもしれない。そんなことも考えていた。

「俺が心配だったって？」

明神さんが訊いた。真琴がうなずく。

「上手《うま》く行ってなさそうだからって。そう言ってました」

「言ってたのか」

「はい。あと、最初の頃を忘れちゃったんじゃないかって」

「最初？」

「初心ってやつですかね」

野崎が補足した。明神さんが何か言う前に、

「きょ――先生に物申すつもりはありません。肝心なのはそのミキさんという方が、先生をそんな風に案じたらしい、ということです」

そう言うと、鞄からまた何かを取り出した。

四角い小さな紙。写真が印刷されている。サイズはちょうどあの本と同じだった。

「クローゼットに落ちてた心霊写真本の、欠落していたページです」

野崎はページを掲げると、

「昨日、スタジオで見つけました。彼女が拾ったんです。自分で見ておいて説明が難し

いのですが——クローゼットの奥の、さらに奥から引き上げた。そう表現しておきましょうか」

「穴がちっちゃいから、モノは出入りしにくいんです。引っかかったり壊れたりする」

今度は真琴が補足した。互いに顔を見合わせる。

「その本も、関係するのか」

俺が訊くと、野崎は「もちろん」と大きくうなずいて、

「先生。ミキさんの写真は一枚も残っていないんですか」と訊いた。

「ああ、全部捨てた」明神さんは沈痛な面持ちで、「思い出したよ。俺が撮ったから死んだって思ったんだ。カメラに魂を吸われたってヤツだ。昔からそういうのは否定できなくてな。霊だってUFOだって、ガキの頃から気にはなってた」

だからオカルト誌の仕事を受けている——受けて「いた」のか。この状況で俺は一人合点する。明神さんはかすかに笑みを浮かべて、

「そういうこともあるんだろ、お嬢ちゃん。魂があって霊がいるなら、カメラが——」

「ないです」

真琴はあっさりと言って、首を振った。

「カメラにそんな機能はありません。もしあったら、明神さんはもっと殺してる」

「たしかにな」

明神さんはくっくっと声を漏らした。

「なるほど。いろいろ辻褄《つじつま》が合いましたよ」

野崎が高らかに言った。ページを明神さんに差し出すと、

「写真は残っているんです。ここに」

と言った。明神さんが目を見張る。ページを摑んで顔に近付ける。

俺は思わず回り込んで、彼の肩越しに覗《のぞ》き込んだ。

「忘れないでほしい、ってことです」

真琴が再び話し始めていた。

ページに印刷されているのは、川原に座り、こちらに笑いかけているワンピースを着た女性の姿だった。タンクトップに短パンの、日焼けした男児が三人、女性を囲んでしゃがんでいる。例のごとく、全員の目が黒い線で隠されていた。

中央の女性がミキさんか。話の流れからしてそうとしか思えない。そして傍らの明神さんの反応もそれを裏付けている。彼は明らかに震えていた。手で口を押さえてもいた。

真琴が続ける。

「自分のことも、あと初心も。ミキさんが伝えたかったのはそういうことです。ちょっと、いや、かなり遠回りだけど」

そう言って、かすかに笑みを浮かべた。いつの間にか、祈るように両手を組んでいた。

風が雑草と芝生をサラサラと鳴らしていた。

「……投稿してたのか、俺は」

明神さんがくぐもった声で言った。

「みたいですね」野崎が返す。「先生はそれもお忘れだった。まあ、心霊写真としてはよくあるヤツですから、余計に記憶に残らなかったのかもしれませんね」

俺は写真に目を凝らした。女性の足元の石ころがマルで囲まれていた。怨念《おんねん》か何かの顔が浮かんでいる、ということらしい。野崎の言うとおりだった。典型的なシミュラクラ現象。顔のように見えてしまうというだけで、霊でも何でもない。

「差し上げますよ。当たり前ですけど」

野崎は静かに言った。ポケットから煙草を引っ張り出して、また仕舞う。風が強くなっていた。

明神さんはミキさんの顔に指先で触れていた。黒い線を摘《つま》むように、何度も指を動かしていた。洟《はな》を啜《すす》るのは冷えているせいか、それとも――

「くしゅんっ」

真琴が大きなくしゃみをした。

その音で俺はようやく、事態の深刻さに気付いた。

大急ぎで編集部に戻り、そこから徹夜して、俺と野崎はどうにか三ページの記事をでっち上げ、デザイナーに突っ込んだ。懐かしの心霊写真特集。倉庫に仕舞われた山のような紙焼き写真と格闘して、何とか形にすることができた。

企画中止の理由について、戸波さんには「誌面で表現できないから」と説明した。明神さんの過去を誌面に晒《さら》すつもりは毛頭なかった。それ以前に、カメラマンが怪異に因縁があったなどと書いて、読者が面白がるとも思えなかった。

戸波さんは「残念だなあ」と悔しそうな顔をした。

どうにか校了し、一日代休を取って通常運転を再開して、しばらく経った頃。

雨の日曜にヨメと明治《めいじ》神宮《じんぐう》を歩いていると、野崎とばったり出くわした。長い黒髪の、小柄な女性を連れていた。真琴だと気付くまで数秒かかった。

「パワースポットを調べてたんだ。比嘉さんに協力してもらって」

野崎は真顔で言った。真琴は吹き出しそうになるのを寸前で堪《こら》えていた。

変化があったのは野崎だけではなかった。

秋が終わり冬に差し掛かった頃、明神さんから電話がかかってきた。

世界を回って遺跡の写真を撮ってくる、子供の頃から古代文明が一番好きだった、と。

「どうせ仕事ねえしな」

そう言うと、彼はハハハと軽やかに笑った。

「写真撮ったら送ってください」

俺は心からそう伝えた。

高円寺で取材を終えたある日。俺はその足でバー「デラシネ」に向かった。

「よかった」

明神さんのことを話すと、真琴は本当に嬉《うれ》しそうに笑った。ひとしきり世間話をして、すっかり酒が回った頃、俺はこうつぶやいていた。

「歳取ったら、大事なことも結構忘れるんだな」

真琴は笑顔で首をかしげる。

「明神さんだよ」俺はグラスをカウンターに置くと、「大昔とはいえ、付き合った相手丸ごと忘れてたってことだろ、あれ」

「うーん」真琴はしばらく考えると、

「逆に、忘れないとやっていけないくらい、大きなことだったんじゃないかな。ミキさんが亡くなったのって」

と答える。よく聞く話ではあった。

「俺も忘れんのかな。シレッと。いや――もう忘れてんのかもな」

思わずそんな言葉が口をついて出る。

「あっ」真琴が不意に声を上げた。カウンターの下からタブレットを引っ張り出す。液晶に現れたのは、ミキさんが写っている心霊写真だった。知らない間にスキャンしていたらしい。おそらくは野崎の仕事だろう。

「ごめんね、わたしすっかり忘れてた」

真琴はすまなそうに頭を突き出す。

「何が？」

「周防さんも忘れてるってこと、伝えるの」

「……忘れてることを指摘するの忘れてた、ってこと？」

「そう。ややこしくなるから後回しにしようって、それで」

言いながら真琴は指先で写真を拡大する。巨人の帽子を被《かぶ》った、ミキさんの周りにいる男児三人のうち、手前の一人の顔が大写しになる。どこにでもいそうな子供だった。黒い線のせいで顔の半分近くが隠れていた。

「このガキがどうかした？」

「ガキって」真琴はクスリと笑うと、「この子、周防さんだよ、絶対」と、液晶をトントンと叩《たた》いた。

思わず液晶を引っつかみ前のめりで確認する。鼻、口、歯、顎《あご》。言われてみればそんな気も、と思ったところで、頭の中がパッと開けるような感覚に襲われた。

狛江。多摩川の河川敷。低学年の頃だ。

同級生と遊んでいた。カップルが歩いてきたので、ヒューヒューと囃《はや》し立てた。男性に追いかけられ逃げ回った記憶がある。でもどういう経緯か、一緒に遊んだ記憶もある。男性はカメラを持っていて、それで記念撮影した記憶も。

あれは明神さんとミキさんだったのか。

互いの名前は教えなかった。連絡先も交換しなかった。その日きりの友達。その時だけ遊ぶ仲。子供の世界にはそういうことがたまにある。相手が大人や老人であるケースもごくまれにある。

明神さんが俺には手を上げなかったことを思い出す。バカにしながらも熱心に、カメラについて教えてくれたことを思い出す。そして俺が、どんな悪評を聞いても彼を嫌いにはなれなかったことも。彼の写真にどこか親しみを感じていたことも。

偶然だろうか。それとも無意識では気付いていたのだろうか。

記憶の奔流から抜け出して、俺は目の前でニコニコしている真琴に言った。

「これもアレか。霊能力」

「まさか」彼女は首を振って、「見たら分かるよ。だから余計にあの場じゃ言えなくて。野崎も霊能者すげーって感じで見て来てたし」

呼び捨てか、と思ったところで携帯が鳴った。メールの受信音。差出人は明神さん。

画像ファイルが添付されている。

期待に胸を膨らませて、俺は画像を開いた。

などらきの首

ひんやりとした空気が肌を撫《な》でる。鼻を突くのは粉っぽくもあり水っぽくもある、金属質のにおい。

真夏だというのにここは涼しい。いや——冷たい。

ぴちゃんぴちゃんと水滴の音が耳に響いている。

大昔に作られた石段は急なうえに濡《ぬ》れて滑る。油断すると転んでしまいそうで、一歩ずつ踏みしめながら下りる。天井は低く、小学生の自分でも屈《かが》まなければ頭をぶつけてしまう。せいぜい大人一人通るのがやっとの狭さに息苦しさを覚える。

曲がりくねった真っ暗な洞窟《どうくつ》を下っていた。

懐中電灯の光は電池が切れ掛かっているのか弱々しい。

そして何より、独りなのが心細い。

恐ろしい。嫌で嫌で仕方がない。泣いてしまいそうだ。すぐ引き返したいのに理性が衝動を、願望を押さえ付ける。

ここで逃げ帰ったら、また雄二《ゆうじ》に馬鹿にされてしまう。

怖がりだ、子供だと笑われてしまう。もう御免だ、たくさんだ。

考えているうちに石段を下り切っていた。洞窟の〝底〟に辿《たど》り着いていた。

そのまま足を進めると、広い空間に出た。

円錐《えんすい》形の広場。天井は高く、頭上から光がうっすらと差している。壁に穴が開いているのだ。子供でも入れない小さな穴から、昼間の太陽の光が一筋だけ、広場に差し込んでいる。

光は奥に並んで聳《そび》え立つ、巨大な石筍《せきじゅん》を照らしていた。

いつの間にか立ち止まっていた。

逆様の氷柱《つらら》のような形をした、石筍の手前で立ち竦《すく》んでいた。

西洋の古城。あるいは塔。実際に見たことはないが、そんな漠然としたイメージを重ねてしまう。テレビゲームの世界に紛れ込んだみたいだ。だからこのクエストを攻略したら道が拓《ひら》ける。頑張ろう。

そんな前向きな空想も、懐中電灯が照らしたものを見た瞬間に消え失《う》せてしまった。

注連縄《しめ》だった。

ひときわ太い、高さ十メートルほどある中央の石筍に、朽ちかけた注連縄が巻かれていた。

そして石筍の表面には、たくさんの傷があった。

傷は根元の部分ほど多く、上に行くほど少ない。四本並んだ長い傷が縦横斜めに走っている。

引っ掻《か》き傷だ。

この石筍は、何度も何度も引っ掻かれている。

理由は考えるまでもなかった。

懐中電灯を徐々に上に向ける。光を石筍の先端に近づけていく。

それだけのことで動悸《どうき》が激しくなり息が乱れる。自分の呼吸音が洞窟の広場に反響している。光が小刻みに揺れているのは、懐中電灯を持つ手が震えているせいだ。

輪郭のぼやけた丸い光が、石筍の先端に突き刺さったそれを照らした。

開いた口にずらりと並ぶ、茶色い歯が見えた。

瞬間、懐中電灯を明後日《あさって》の方向に向けていた。鼓動が耳の中で鳴っている。

これ以上それを見ることはできない。やっぱり無理だ。あんなもの。あんな恐ろしいもの。

今すぐ帰ろう。引き返そう。広場を突っ切って石段を駆け上り、地上に出て祖父母の家に走ろう。そう思った時。

ぱしゃん、と水溜《みずたま》りを踏みつける音がして、心臓が縮み上がった。

背後からだった。石段のある方向からだった。

誰かが入ってきたのだ。

胃が持ち上がり、全身の毛が逆立った。寒気と怖気《おぞけ》が肌の上を這《は》い回る。

……ふうう、ふう、ふうううう……

溜息《ためいき》のような音が聞こえた。全身が硬直する。

……ひゅうううう……

笛の鳴る音のようにも聞こえる。瞬時に溢《あふ》れ出た冷や汗で、Tシャツが濡れるのが感触で分かる。下半身がありえないほど震えているのに、止めることができない。

……ひゅうううううう……

音が近付く。かすかな足音も聞こえる。

自分の歯がカチカチと音を立てていた。動きたいのに動けなかった。

……ひゅうう、う……お、お……お……

笛の音は呻《うめ》き声に変わっていた。両親が笑いながら言っていたこと、祖父母が半ば真剣に教えてくれたことが、頭に浮かんでいた。

あっこに入ったらあかんぞ。

絶対行きなや。迂闊《うかつ》に入ったらあんた――

……く……び……

声がすぐ後ろで聞こえた。反響を伴って耳を貫いた。

逃げ出せ、走り出せと頭でいくら言い聞かせても、足はまるで反応しない。強引に動かそうとした瞬間。

かさ、と首筋を摑《つか》まれた。

干からびてささくれ立った、ほとんど木の枝のような指の感触。

ちくちくと痛みが走る。

耳元で啜《すす》り泣きのような声がした。

……くび……かえせええええ……

「うわあ！」

絶叫して走り出した、と思ったら布団の中にいた。

豆電球が天井でぼんやりと光っていた。家とはまるで異なる目覚めの景色。

ここはどこだと考える前に、父方の祖父母の家だと思い出す。

また同じ夢を見てしまった。

今回はいつもより鮮明だった。ここにいるせいだとすぐに分かる。この家で眠ったせいで、心があの頃に戻ったのだ。

目覚めている、さっきまでのことは夢だ、そう分かっても動悸はなかなか治まらない。

それに妙な気配を感じる。というよりこの和室全体に、気配が漂っている。

「……起きてんの？」

男の声がして僕は飛び上がった。

部屋の隅に敷いた布団の上で、野崎が上体を起こしていた。不機嫌そうに目を細めて、こちらを睨《にら》んでいる。

「おお。すまん」

今ここの状況をようやく思い出して、僕は囁《ささや》き声で答えた。

一九九八年九月十二日。僕は寺西新之助《てらにししんのすけ》。阿賀見《あがみ》高校の三年で、泊り込みで受験勉強をするという名目でここに来た。

兵庫県I郡武妙《たけみょう》町の山あいにある、祖父母の家に。

同級生の野崎和浩《かずひろ》を連れて。

「うなされとったぞ」

「ほんま？　夢見とってん」

「などらきか」

即座に質問が飛ぶ。

「せや」寝汗の不快感に唸《うな》りながら答えると、

「まあ、もう少しの辛抱や」

そう言って、野崎はごろりと布団に寝そべった。

彼の後頭部を眺めながら、僕は豆電球の光の中で考え事をしていた。

本当にもう少しで終わるのだろうか。

化け物などいないと分かるのだろうか。全て現実的に説明できるのだろうか。

野崎は本当に〝真相〟を導き出し、この消えない恐怖を消し去ってくれるのだろうか。

だが、あの日あの時、あの首はたしかに――

ちくりと首筋が痛んだ。夢で感じた痛みを、脳が現実にまで持ち込んでいる。

首を撫《な》でていると、野崎の鼾《いびき》が聞こえ始めた。

まだ気配は消えない。それどころか視線を感じてしまう。全部気のせいのはずなのに、少しも心が落ち着かない。僕は布団に潜り込むと、固く目を閉じた。


眠い目を擦《こす》りながら、日の光が差す廊下を歩く。居間から祖母の笑い声が聞こえる。

「おはようシンちゃん。よう寝たね」

居間に入ると、色あせたムームーを着た祖母が歯の抜けた口を開いて笑った。壁に掛かったミッキーマウスの赤い時計は十時を示している。

祖父は愛用の座椅子に深々と身体を預け、テレビを見ている。

大きな座卓の中央には、大きな西瓜《すいか》が丸ごと置かれていた。顔の形に刳《く》り貫《ぬ》かれ、果肉はすべて取り出されて、代わりに赤い和蠟燭《ろうそく》が入れてある。この時間だからか火は灯《とも》っていない。

西瓜提灯《ちょうちん》だ。昔の子供はよくこれを作って遊んでいたそうだが、この家ではお盆に精霊馬の代わりに飾る。それを九月末頃まで続ける。そうすることに決めたのは祖母だ。

世間とは違う、変わっていると僕が知ったのは中学に入ってからで、祖母に理由を訊《き》いたところ「かわいいから」と単純な答えが返ってきたのを、今でも時折思い出す。

着替えを済ませた野崎が箸《はし》を止め、「よお、シンちゃん」と皮肉めいた口調で言った。

「寺西でええわ」

僕はそう返しながら座卓の前に腰を下ろし、用意された朝食に手を付けた。かなり急で季節はずれの里帰りなのに、快く迎えてくれる祖父母の気遣いが有難い。改めて御礼を言おうとしたところで、

「ごちそうさまでした」

野崎が手を合わせながら言った。「美味《おい》しかったです。目玉焼きの焼き具合がちょうどよくて。硬いくらいが好きなんですよ」と、爽《さわ》やかな笑顔を祖母に向ける。

祖母は「わたしもそうなんよぉ」と嬉《うれ》しそうに答えた。野崎は皿を重ねると台所にもって行った。「洗いますよ」「ええよええよ」と押し問答が続く。

昨日夕方、ここに来てすぐ野崎は親しげに祖父母に話しかけ、あっという間に打ち解けた。表情も見たことがないほど晴れやかだった。

学校での態度とはまるで違う。教師にも生徒にも、それなりに仲のいい僕にさえも愛想のない彼が、こんな姿を見せることはただただ意外だった。所謂《いわゆる》お祖母《ばあ》ちゃん子、お祖父《じい》ちゃん子だろうか。

「どっちにも会《お》うたことない。顔も知らん」

寝る前に問い質《ただ》したところ、そっけない答えが返ってきた。自分の祖父母について語りたくないのは察しが付いたので、僕はすぐ話題を変えたのだった。

「寺西」

呼びかけられて顔を上げると、戻ってきた野崎が、

「部屋で勉強してるから」

と言った。祖母は台所で上機嫌に鼻歌を歌っている。祖父は早くも座椅子で船を漕《こ》いでいる。

「真面目やなあ。僕は何も持って来てへんよ」

「は？」野崎は信じられないといった顔で、「お前、推薦やった？」と問いかける。

「ちゃうよ。ええやん別に。それより早《は》よ〝真相〟が知りたい」

「余裕やな」

野崎は溜息を吐いた。

「まあええわ。とりあえずそれ食い終わったら、部屋でもっかい聞かせろ」

言い捨てると、すたすたと居間を出て行った。

「あかんぞ新之助、あんなええ友達困らしたら」

半目の祖父が眠そうな声で言った。

反論しようとしたがやめておいた。ここに来たいと言い出したのは野崎で、日時を指定したのも彼だ。そこまで急な話ではない、気持ちだけでも嬉しい——僕はやんわりと断ったのに、彼は決して譲らなかった。その辺りで僕は確信した。

僕のことは大義名分で、野崎はただ知りたいだけだ。解き明かしたいだけだ。

この山あいに伝わる化け物——などらきの伝承を。

かつて僕が体験した、奇怪な出来事の真相を。

二学期に入って早々のことだ。

教室で野崎と弁当を食べている最中、雑談の流れで「霊はいるのか」「オバケはいるのか」という他愛のない話になった。

「おらんわ、そんなもん」

彼は吐き捨てた。空になった弁当箱を閉じると、

「全部それらしく見えた、そう思い込んだってだけの話や。どの目撃談も体験談もな」

「そんなことはないやろ」

僕は言い返した。子供の頃にテレビで見た心霊現象や、霊能者の発言を真に受けているわけではない。もちろん世間で言う霊感があるわけでもない。

ただ、一度だけ奇妙な体験をしたことがあった。

理屈で説明の付かない怪現象。化け物の存在を認めないわけにはいかない出来事。

実害があったわけではないが、深く心に刻み込まれた。

非科学的な何かが存在するらしい、と信じざるを得なくなっていた。そして恐れるようになっていた。

「実はな――」

簡潔に説明すると、意外にも野崎は真剣に聞き入っていた。話が終わるなり、「もっと詳しく聞かせろ」とせがんだ。僕は面食らいながらも記憶を掘り起こし、彼の細かい

質問に可能な限り答えた。

いい加減疲れを覚えた頃、野崎は難しい顔で、

「それでお前、未《いま》だに怖いん？　おるもんやと思てるん？」

「まあなあ」

「そうか……」野崎はしばらく考え込んで、

「何とかしたるわ。とりあえずお前の祖父ちゃん祖母ちゃんの家、行こうや」

と、ごく軽い調子で言ったのだった。

朝食を済ませ部屋へ戻ると、野崎がちゃぶ台で赤本を開いていた。

「もっかいってどこから？」

「最初から全部や」ちらりと僕を見上げる。「小四のお盆やったか？　ここに到着してから帰るまで、覚えてる限り」

「現場検証はせんでええん？」

「五時起きで済ませた」

「うそやん」冗談で訊いたのに真剣な顔で返され、僕は呆気《あっけ》に取られた。

「すごいなお前」

「そうでもない」

彼の行動力に感心しながら、僕は向かいに腰を下ろした。

「ええとな。まずは――」

スタスタと足音が近付いたかと思うと、襖《ふすま》がスッと引き開けられた。祖母が立っていた。グラス二つと麦茶のペットボトルが載ったお盆を手にしている。

野崎がさっと立ち上がった。

「ありがとうございます」と麦茶を受け取る。

「勉強がんばりや」

「ええ」野崎はにこりと顔全体で笑う。

「せや、外出る時は気ぃ付けや」祖母はここで急に深刻な表情になると、「最近たまに変な人がうろついてるって、駐在さんが言うてはったわ」

「はいはい」

「そんで訳分からんこと話しかけてくるらしいで。他所《よそ》もんやろけど、こんな田舎にも変なんがわざわざ来んねんなあ」

「分かった分かった」

僕は適当に返す。外出するしないの話になると、祖母は必ずこの忠告をする。続きもきっと同じだろう。

「あとはあれやで。などらきさんには入ったらあかんで。崩れてきたらえらいこっちゃ」

やはりこの話だ。例の洞窟《どうくつ》には行くなと言っているのだ。

だがこの箇所は聞き流せなかった。

暗い穴が頭に浮かぶ。底にある広場も、その奥の古城のような石筍《せきじゅん》も。

そしてその先端に――

野崎がにこやかに「もちろんです」と答えた。

祖母は部屋を出て行った。足音が消え、聞こえるのは扇風機の音だけになる。野崎に目で促され、僕は改めて話した。

などらきの首について。あの日あの時の不可解な出来事について。

※　※

小学四年のお盆だから、もう八年前になる。

父親の車でこの家の前に到着し、玄関の引き戸をガラガラと開けた時、最初に覚えた感情は「落胆」と「不安」だった。

伯父伯母《おじおば》の靴。その隣に雄二の靴が並んでいたからだ。

暗い気持ちで靴を脱ぎ、両親に続いて廊下を渡り、居間に入った。伯父伯母――父親の兄とその奥さん――と挨拶《あいさつ》する。

縁側に座り込んでいた雄二が、ずんぐりした身体ごと振り返って、にやりと笑みを浮かべた。膨らんだ頬。大きな前歯、吊《つ》り上った目。

僕は作り笑顔で返した。

雄二は僕の従兄《いとこ》、伯父伯母の一人息子だ。僕の三つ上だから当時は中学一年生だった。

彼にとって僕は格好の標的だった。盆暮れにここに帰る度、僕は彼に威張られ、からかわれ、時に小突かれ泣かされた。幼稚園に入る前、入園後、小学一年の頃。彼と顔を合わせなければならないのが心の底から嫌だった。

しかし僕が小学二、三年の時、彼は中学の受験勉強のため、この家に来なくなった。僕はその間、盆暮れに充実した田舎暮らしを満喫した。

祖父母と面と向かって話せるようになり、彼らの優しさに気付いたのもこの頃だ。いつも驚くほど歓迎してくれる。果物や菓子を山のように振舞ってくれる。お年玉に至っては一万円も貰《もら》える。でもこれを「彼らを好きな理由」にしてはいけない。僕は子供なりの倫理観で己を律していた。

祖母がくれる昆布飴《あめ》が美味《おい》しく思えた。

祖父と一緒に、スポーツ新聞のクロスワードパズルを解くのが楽しいと思えるようになった。

武妙町も好きになっていた。愛着が湧いて小学三年の時、自由研究で町の歴史を調べさえした。とりわけ印象的だったのは町名の由来だ。大正期《たいしょう》まで同じ字で「むみょうちょう」と呼ばれていたそうで、明治《めいじ》の初期は無名《むみょう》という村だったらしい。無名。つまり名前のない村。

遡《さかのぼ》ったら何もなかった。意味を探ったら無意味だと分かった。その肩透かしな結果を逆に面白く感じた。

いつしか雄二のことなどすっかり忘れていた。

だから彼の靴を見た時は衝撃だった。中学受験は終わった、今年からまた嫌な盆暮れが再開されるのだと、ようやく悟った。でも拒否することはできない。逃げられない。

幼い僕には未来が閉ざされたような気がした。大袈裟《おおげさ》だと今は思うけれど、それくらい雄二と過ごすのは苦痛だった。たかが子供のやることだ、遊びの範疇《はんちゅう》だと大人たちは軽く考え、一切助けてくれない。むしろ雄二と一緒に僕を子供だと笑った。優しいはずの祖父母でさえも。

結局みんな雄二の味方だ。主張が強く図体《ずうたい》が大きな方に賛同するのだ。

そして自分は孤独だ。

当時の思考や感情を言葉にするなら、大体こんなところだろうか。今も引き摺《ず》っている気がする。集団行動に馴染《なじ》めないのは、きっとこの経験のせいだろう。

僕は陰鬱《いんうつ》な気分で部屋に向かった。今いるこの部屋だ。隅で壁に背を付け、持参した漫画を読んだ。いつ雄二に呼び出されるだろうと心の半分で怯《おび》えていたけれど、彼は現れず声もしなかった。その静けさ、大人しさも嵐を予感させて充分に嫌だった。

夕食の時だ。

座卓を囲んで食事していると、向かいで雄二が「新之助くん」と猫なで声で呼んだ。

「食い終わったら洞窟行こ。懐中電灯の用意しといて」

嬉《うれ》しそうに命じる。

小さな山を一つ越えたところの岩肌にある、狭く深い洞窟。高さ一メートル半ほどの入り口はフェンスで覆われているが、穴が開いているので出入りは簡単だった。

「あかんよ」

祖母が大真面目に言った。

「再三言うてるやないか」

と祖父も同調する。

「ええやん別に、すぐやん」

「近い遠いの話ちゃうわ」

祖父は険しい顔で凄《すご》む。雄二と僕を交互に見つめ、

「などらきさんに首取られんぞ」

と、しわがれ声で言った。

僕は縮み上がった。動じない振りをしようと意識する前に、身体が反応していた。

物心ついた頃から、祖父母に散々聞かされていた。その度に怖いと思ったのに、いや
――思ったからこそ頭と胸に刻み込まれた。今ここでそらで言えるくらいに。口調も再現できる。今回は祖父を真似てみよう。

「この辺にはな、などらきさんが棲《す》んどったんや」

「などらきさんは山奥に隠れ川《つ》に潜り、たまぁに家の中に潜む。知らん間に入り込むんや。出かけたヤツの後を尾けて、そのまま一緒に帰ってくる。そんな話もあるわ」

「触られたらそこからぶわあって、ブツブツができて死ぬんや」

「ふうって息吹きかけられたら、肺が腐って窒息して死ぬんや」

「昔の人らは祈禱《きとう》したり色々したけど、何にもならんかってんて。毎年毎年、ようけ殺されたらしいわ。大人も子供もな」

「でもな、ある年、一人のお侍さんが来て、退治してくれはったんや。刀で首をすぱーんって刎《は》ねてな。一撃や」

「胴体は山へ飛んで逃げよった。首だけがお侍さんの手元に残った」

「それが祀《まつ》ってあんのがあの洞窟や。おかげでもう死ぬ人はおらんなった」

「でもな――などらきさんはまだ生きとんねん」

「首はたまに鳴く。洞窟から声すんのん聞いたやつ、何人もおんで」

「胴体はたまに、首取り戻しに来よる。どないしても取れんように細工しとるから大丈夫やろけど、入ったらあかん」

「鉢合わせるからや」

「会《お》うたら最後や。自分の首と間違われて、首取られるんや。べりべりって千切られて持ってかれる」

「せやから絶対に入ったらあかん――」

雄二はどうして夕食時、大人の居合わせる場で洞窟の話を出したのだろう。咎《とが》められるに決まっているのに。その時は疑問だったが、今では分かる。僕を皆の前で怖がらせるためだ。その証拠に、彼はこんなことを言った。

「震えてんぞ、新之助」

勝ち誇った表情に馬鹿にした口調。僕はうつむき、小さくなって耐えた。

祖母が口を開いた。

「などらきさん抜きでも危ないやろ。狭いし急やし、転んだらえらいこっちゃ。まさか昨日行ったりしてへんやろな？　ここ着いてすぐ表出とったけど」

中学生の雄二にはもう化け物の話は通用しないが、洞窟行きは止めさせたい。そんな意図が見えた。

「行ってへんよ。虫捕ってただけや」

「そらよかったわ。でもあかんで。シンちゃん連れてくのも絶対あかん」

「しゃーないな」

やれやれといった顔で雄二は食事を再開した。ちらりと僕を見る。

そのうち洞窟に行くぞ、大人には内緒や――

読み取りたくもない意志を読み取ってしまい、僕はますます陰鬱な気分になった。

食事を終えた後、僕は雄二に別の部屋へと連れて行かれた。隅でぺしゃんこになったリュックから、彼はゲームボーイを二つ取り出した。

どんなゲームをしたか思い出せないが、惨敗だったことは覚えている。何度負けても解放してもらえず、僕はひたすら雄二にいたぶられた。

「あれ、本物や思うか？」

ゲームボーイから顔を上げて、雄二が不意に訊《き》いた。

「……分からへん」

僕は力なく答える。

「ほんまに取り戻しに来るんやろか」

なおも訊く雄二に、僕は曖昧《あいまい》に答えることしかできなかった。頭の中には洞窟《どうくつ》の光景が浮かんでいた。

それより以前に一度だけ、洞窟に入った——入らされたことがあったのだ。

小学一年の夏。雄二に連れられ、大人たちの目を盗んで。

急勾配《こうばい》で滑る石段。水の滴る音。

凍えそうなほどの冷気。

円錐《えんすい》形の広場。上からわずかに降り注ぐ日の光。

立ち並んだ石筍《せきじゅん》。一際太く高い一本に、雄二が懐中電灯を向けた。注連縄《しめ》。掻《か》き傷のようなたくさんの筋。

僕は震えながら光が照らす方を見上げた。

先端に茶色く丸いものが突き刺さっていた。

ところどころ石灰化し、天井から滴る水でぬらぬらと光っていた。

石筍の切っ先が顎《あご》の下から入って、右の眼窩《がんか》から突き出ていた。

歯はどれも小さく、びっしりと並んでいた。尖《とが》った顎、こけた頬。張り出した頬骨。縺《もつ》れて絡まっているのは髪だろうか。広い額の左右から突き出ているものは、瘤《こぶ》だろうか、それとも角だろうか。何より異様なのは、頭部にしては大きすぎることだった。遠目で見る限り、大人の倍ほどはあったと思う。

ミイラ化した異形の頭部が、石筍に片目を貫かれていた。

雄二が「すげえ」と感嘆の声を上げた。

僕はただ立ち尽くしていた。すぐ逃げ出したいのに、その場を一歩も動けなかった。痺《しび》れるような尿意が腹にまでせり上がっていた。

明らかに人ではなく、獣でもない何かのミイラを、声もなく見上げていた。

茶色い歯の間からしゅうしゅうと声が漏れているような気がした。妄想に決まっている、と頭から追い払うと、また新たな妄想に囚《とら》われる。次の瞬間には口がパカリと開いて長い舌が垂れるのでは。もしくは不気味な悲鳴を上げるのでは。

ガチガチと歯を鳴らして、声も無く笑うのでは。

塩辛い味が口の中に広がっていた。鼻水と涙が口に流れ込んでいるとようやく気付いた。その顔を雄二に目撃され、家に帰ってもずっとからかわれた。大人たちも彼と一緒に笑っていた。

「新之助」

尖った声で我に返る。雄二が吊《つ》り上った目で僕を見据えていた。

「帰るんいつや」

「……明々後日《しあさって》の昼」

「そうか。まあ、楽しみにしとけや」

ふふんと笑うと、彼はゲームボーイに顔を向けた。


雄二が僕を呼び出す——洞窟に誘うのはいつだろう。

分からないことが不安をいっそう掻き立てた。実際その日の夜はほとんど眠れず、朝まで両親の寝息と寝言を聞いていた。

そして怯《おび》えながら一日を過ごした。つまり雄二はその日、洞窟に行こうと言い出さなかったのだ。午前中に一人で山に虫捕りに行った以外、彼はほとんどこの家でゲームボーイをするか、僕が持参した漫画を読み耽《ふけ》るかして過ごしていた。

実に狡猾《こうかつ》な怖がらせ方だと今は感心してしまうが、その時は分析する余裕などまるでなかった。

結局その日もあまり眠れず、布団で呻《うめ》きながら寝返りを打って夜を明かした。

朝食での雄二は不気味なほど静かで、時折縁側の向こうにちらちらと目を向けていた。洞窟のある方角だ。これも今思えば威圧、脅しだろう。彼が外を見るたびに、頭は次第に覚醒《かくせい》し、代わりに警戒心が膨らんだ。

午後二時過ぎ。トイレから出たところで、玄関から「新之助くん」とやけに丁寧な声がした。

雄二が土間から僕を手招きしていた。もう片方の手には赤い懐中電灯。口の動きだけで「行くぞ」と命じる。楽しくてたまらないといった表情だった。

遂《つい》に来たかと思った瞬間、心臓を摑《つか》まれたような感覚が胸を襲った。同時にどこか解放されたような気にもなった。

僕はふらふらと玄関に向かい、そっと靴を履いた。開いた戸をくぐりアプローチを抜け、門を出ると小走りで洞窟に向かった。そして——

※　※

「シンちゃん、カズくん」

不意に呼びかけられて僕は話すのを止めた。

祖母が襖《ふすま》の隙間から顔を突っ込んで、

「お菓子要るか？　勉強してたらお腹空《す》くやろ。チューペットあるで。昆布飴《あめ》も」

こちらに笑いかける。お言葉に甘えようかと思っていると、

「お気持ちだけで充分です」

野崎がやんわりと断った。

「間食しない方が集中できるので」

「そうかいな。ちゃんとしてるなあカズくんは」

うふふと口元を押さえながら笑うと、祖母は顔を引っ込めた。足音が聞こえなくなると、野崎が立ち上がって襖を閉めに行った。

「カズくんやって」

「続き頼むわ」

ぴしゃりと襖を閉じると、彼はちゃぶ台の前に腰を下ろした。

※　※

獣道を上って山頂を越え、下り坂に差しかかる。雄二は大股《おおまた》で足を鳴らして坂を下り、僕はその後をとぼとぼと歩いていた。

茂みを抜けると、広い空き地が現れた。

ひび割れた地面のそこかしこで、見慣れない草が萎《しな》びている。土はところどころ湿っていた。こんな空き地があっただろうか、と首を傾げていると、

「晴れの日が続いたからな」

雄二が言った。僕はそこでようやく気付いた。

ここには大きな池があった。その二年前だったか、台風が通り過ぎた後にできた真新

しい池。それが干上がってしまったのだ。もちろん魚はいなかったがアメンボやヤゴはそれなりにいて、一人でずっと眺めていたものだ。僕は少しばかり寂しく思った。ぬかるみを踏みしめ、蹴《け》散らしながら、雄二は池の底——池の底だった地面を歩いていた。靴や足が汚れるのは平気なのだろうかと思いながら、僕は彼の後を追った。池だった空き地を突っ切った雄二は、その先の傾斜をがりがり足を鳴らしながら滑り下りた。途中で立ち止まり、「はよ」と急《せ》かす。僕は斜面に両手を突きながら、後ろ向きで慎重に下りていった。

傾斜の中ほどには直径一メートルほどの横穴が開いていた。洞窟の底にある広場の、高い天井から降り注ぐ光は、この穴を通っているのだ。

穴の側で待っていた雄二が、「こっから下りてみるか？　ショートカットや」と笑った。僕は愛想笑いを返しながら、一瞬だけ横穴に目を向けた。

暗闇の中にかすかな凹凸が見えた。並んだ石筍だ。想像以上にこの穴は短い。少しばかりの岩と土を隔てた先に洞窟が——広場があるのだと気付く。

「こっからでも見えるわ。ほんま何なんやろな、あれ」

雄二が穴に顔を突っ込みながら、不思議そうに言った。声が反響している。

「分からへん」僕はそれだけ答えた。

「へえ、意外と髪ふさふさや」

後頭部が見えるのだろう。雄二は穴の縁を摑んで、「こっち向いたらおもろいねんけどなあ。見えへんと無性に見たくなるわ」と小さく笑う。

黙っていると、彼は勢いよく顔を穴から出した。僕を威嚇するように睨《にら》んで、

「お前も見ろよ。結構高いけどな」

と言った。僕は一瞬だけ考えて激しく首を横に振る。あの首を高所から見下ろす――考えただけで鳥肌が立ち、体温が下がるのが分かった。

「はっ、ビビリが」

雄二は吐き捨てるように言うと立ち上がった。短い言葉が的確に僕の心を刺し貫き、抉《えぐ》っていた。

斜面を下り切り、迂回《うかい》して少しばかり坂を上ると、岩肌に洞窟《どうくつ》の出入り口が現れた。フェンスは小学一年の時に見た時よりも朽ちて折れ曲がり、ほとんど用をなさなくなっていた。

雄二がフェンスを更にひん曲げ、躊躇《ちゅうちょ》なく穴に入る。暗闇に飲み込まれて一瞬で姿が見えなくなる。僕は一瞬迷ったが、意を決して真っ暗な穴に飛び込んだ。

「さすがにもう怖ないやろ」「あの頃より成長したもんなあ」「おい何か言えよ」

僕に話しかけながら雄二は階段を下りていく。声がわんわんと反響して鼓膜だけでなく頭まで震わせる。湿り気を帯びた冷気が手と足、首に纏《まつ》わりついていた。

彼の懐中電灯の光だけを見ながら、僕は適当に返事をしていた。既に心臓は激しく鳴り、息をするのが苦しくなっていた。

心細さに雄二の肩を何度も摑みそうになって、その度に思い止《とど》まった。

「知ってるか」

雄二が前を向いたまま、低い声で言った。

「人魚のミイラって全国にあんねん。上半身が人間で、下半身が魚のやつや」

「そう……なんや」

知らなかった。素直に驚いていると、雄二は忍び笑いを漏らして、

「でも全部偽もん、作りもんや。江戸《えど》時代にようけ作られてたらしいわ。ペリーの日誌にも書いてある。海外にも輸出しとってんて。猿のミイラと魚のミイラ、別々に作って半分に切って、ニカワでくっ付けるんや。猿やとバレへん程度に手も短くして、顔も詰め物で形変えて。歯も削ったり、引っこ抜いて魚の歯ぁ刺したり」

あっさり真相を明かされて、僕は拍子抜けしていた。そして気付く。

「……せやったら、あの首も」

「やろうな」

はっ、と嘲《あざけ》り笑いが洞内に響いた。

「鬼とか河童《かっぱ》のミイラも全国にあるけど、専門家が見たら生き物として有り得へんらしいわ。素人目に見てもおかしいのあるしな。つまりこれも全部作り物や」

びしゃ、と雄二の靴が水溜《みずたま》りを打ち鳴らす。

「あとな、人魚のミイラ作っとったん、今の和歌山やって。職人集団がおったらしい」

和歌山と兵庫。自動車も電車もない江戸時代の感覚でも、そこまで遠くはなかったはずだ。そう考えていると、

「などらきも作り物や。言い伝えを元にしてそれらしく作った――作らせたんやろ」

きっぱりと雄二は言った。すぐさま奇妙に間延びした声で続ける。

「怖いわけないよなあ、新之助くん」

そういうことか、とようやく理解していた。雄二はたかが作り物のミイラに怖がる僕を見たがっているのだ。こんなものが怖いのかと馬鹿にする気でいるのだ。

「怖くないよ」

僕は答えたが、声は情けなくなるほど上ずっていた。

くくく、と雄二が笑う声がした。

広場に出ると、彼は「ううん」と背筋を伸ばした。軽い足取りで奥へ向かう。ぴしゃぴしゃと水音を立てながら、石筍《せきじゅん》の立ち並ぶほうへと進んでいく。引き離された僕はつい小走りになってしまう。

「はは、なにビビッてんねん」

懐中電灯を振り回しながら雄二が笑う。顔に光を当てられて視界が真っ白になる。無意識に「うわ」と間抜けな声を上げ、僕はのけぞっていた。目を開けられない。

「アホやなあ、新之助」

雄二はわざとらしく溜息《ためいき》を吐きながら、高らかに言った。

「そもそも化けもんなんかおるわけないわ。昔ここで長いこと、厄介な病気が流行《はや》ったんやろ。細菌もウィルスも知らん時代の人間が考えた、病気の原因がなどらきじゃ。絶対そうや」

大声が広場に反響する。耳を押さえてしまう。

「せやからあれも作りもんや。きっとでかい猿の頭に細工して——」

雄二が唐突に黙り込んだ。

水滴の音しか聞こえなくなる。

僕はそっと目を開けた。雄二が棒立ちになって、呆然《ぼうぜん》と石筍を見上げていた。

「え、何で……？」

さっきまでとはまるで違う、気の抜けた声がした。

僕は彼に倣って上を向いた。石筍の先端に丸い光が当たっている。

「あっ」

思わず声が出ていた。

先端には何もなかった。

あるはずのもの——などらきの首が消え失《う》せていた。

注連縄《しめ》が落ちていることに気付いたのは僕だった。大きな石筍の下、小さな石筍が剣山のように並んだ中に、黒く太い蛇のような影が浮かびあがっている。

「く……首も下に落ちたんちゃう？」

必死で理性を働かせてそう訊《き》くと、雄二は無言で石筍に近寄った。懐中電灯の光を、並んだ石筍の根元に順繰りに当てる。

見当たらない。それらしき破片も見つからない。だから落ちて粉々になったとも思えない。

「さっき上から覗《のぞ》いた時は、確かにあったのに」

雄二が囁《ささや》いた。傾斜の穴から覗いた、十二、三分ほど前のことだ。そのわずかな間に首は消えたことになる。

ぞくぞくと悪寒が全身を走り抜けた。

有り得ないことが起こっている。その事実を目の当たりにして慄《おのの》いていた。

「まさか……」

雄二の顔は青ざめ、引き攣《つ》っていた。歯がカチカチと鳴っていた。辺りを見回し、数歩後ずさると、彼はかすれた声で、

「ほ、ほんまに……取り戻しにきたんか？　そんで取り戻せたんか？」

僕が想像したのと同じことを言葉にした。

震える丸い光が、傷だらけの石筍を照らしていた。

ぴしゃ、とどこかで水が撥《は》ねた。それが合図かのように雄二がきびすを返し、猛然と石段に向けて走り出した。一瞬で周囲が暗くなる。

「待って！」

僕は叫んでいた。感情が弾《はじ》けて目から涙が溢《あふ》れ出した。

気が付くと泣き喚《わめ》きながら石段を駆け上り、雄二を追い越そうとしていた。助けて、嫌だ、怖い、お母さん、雄二、などとひたすら口走っていた。

外に出ても走ることを止めず、僕と雄二は全力疾走で祖父母の家に戻った。


後から聞いたところによると、僕は靴も脱がずに家に上がり、号泣しながら母親に抱きついたらしい。雄二は部屋に籠《こも》ってしまったそうだ。

どないしたんや、と大人たちに訊かれても、僕は答えず泣くばかりだったという。

泣き疲れた僕は眠ってしまい、そのまま翌朝まで起きなかった。夕食の時に何度も両親が起こそうとしたらしいが、呻《うめ》き声の一つも上げなかった、と聞いている。

記憶しているのは翌朝のことだ。

目覚めて最初に考えたのは「全部夢ではないか」だった。

雄二の部屋に行くと、彼は畳に寝そべり、リュックサックを枕代わりにゲームボーイをしていた。こちらを一瞥《いちべつ》し、すぐゲームに戻る。

「あの……」

「大人には絶対言うなよ」

彼は遮るように命じた。

「大変なことになりそうやからな」

僕はその言葉で、自分の体験はすべて事実だと悟った。

そして改めて恐ろしくなった。

僕たち親子が帰るまで、雄二は僕をからかうことも、絡んでくることもなく、静かに過ごしていた。洞窟《どうくつ》で恐怖のあまり逃げ出したのを僕に見られて、決まりが悪かったのだろう。

帰りの車中、親に気付かれないよう注意しながら、僕は何度も震え上がった。誰も相談する相手がいない。同じ体験をした雄二ともしばらく会えない。一人きりで恐怖を抱え込むことに、言いようの無い心細さを覚えていた。

「……誰にも言うてへんやろな」

以来、顔を合わせる度に雄二は、小声でそう尋ねるようになった。もちろん僕は「言うてへんよ」と事実を答える。

そして消えた首のことを思い出し、戦慄《せんりつ》してしまう。

三年前、大学に進学した雄二は家を出て、こっちに帰ってくることもなくなった。伯父伯母との仲は良好らしいが、年中アルバイトに明け暮れているという。

そして僕は今もしばしば、あの洞窟を夢に見てうなされている。

※　　※

「ありがとう。今回は情感たっぷりやったな」

話し終わるなり野崎に皮肉めいたことを言われたが、少しも腹は立たなかった。自分の言葉であの日の記憶がまざまざと蘇《よみがえ》り、今ここの現実に戻りきれていない。そんな感覚を覚えていた。

ちゃぶ台の上のグラスは麦茶で満たされていた。口や喉《のど》を湿らせることを忘れるくらい集中していたらしい。僕はグラスを摑《つか》んで一気に中身を飲み干した。

「それから洞窟には入った？」

グラスを置くのを待って野崎が問いただした。

「いや。一回もない。何となくタブーっていうか、行くのはもちろん話してもあかんみたいな感じになってて」

「みんなピュアやな」野崎は片頰だけで笑うと、「さっき現場検証に行く途中、通りすがりのご老人に訊いてみてん。などらきの洞窟に入ったことありますか、誰か入った人を知りませんかって」

「それで？」

「昔から立ち入り禁止や、入るわけあらへん――って真顔で言われたわ。あんなボロボロのフェンスでも、わざわざこじ開けて入ろうなんて人はここにはおらんらしい。せやから入ってきた」

「え、洞窟に？」

「他に入るとこなんかあらへんやろ」

野崎は鼻を鳴らした。「石段もあった。傷だらけの高い石筍《せきじゅん》も、落ちた注連縄もあった。中はお前がさっき語ったとおりやったわ――首が無いんもな。下も念入りに探したけど、それっぽいもんすら見つからんかった」

　やはり本当のことらしい。あったはずのものが忽然《こつぜん》と消え失せているのは事実らしい。どうやっても取れそうにない高所に存在していたものが、無くなっているのは。

「などらきの仕業やって、どうしても思てまうな」

　僕はついそんなことをつぶやいていた。

「注連縄が落ちとったやろ。あれで石筍の一番上まで、よじ上れるようになったんちゃうか。結界とかバリアとか言うんかしらんけど、そういうんが無くなったんや」

「外から覗いて、その後に落ちたってことか？」

「せや。雄二が覗いた直後や。そんでなどらきは首を取り戻したんや」

「で、今は元気にその辺うろついてんのか？　人ん家《ち》にこっそり上がりこんで、住人病気にして殺してるんか」

「知らんわ。そうちゃうか」

「アホいうな」

　野崎が一言で斬り捨てた。

「そんなやつはおらん。化け物妖怪《ようかい》幽霊、全部実在なんかせえへんわ。雄二って人の言うとおり、などらきは疫病か何かを説明するために昔の人が考えた、言うたらただの解釈や」

「そしたらあの首は」

「偽もんに決まってるやろ。それも雄二の言うたとおりや」

「いや、でも」

「お前は豪快に勘違いしてんねん。存在せえへん化けもんにビビッてんねや。小四の夏から高三の今までずっとな」

そう言い放つと、野崎は立ち上がった。ボディバッグを襷《たすき》がけで背負うと、「行くぞ」と僕を見下ろす。

勘違いとは何だ。その根拠はどこにある。疑問に思いながら僕は訊《たず》ねた。

「どこに？」

「洞窟や。何でこの流れで分からんねん」

野崎は呆《あき》れた顔で答えた。

身支度を済ませて部屋を出る。廊下を歩きながら居間の方へ「息抜きに散歩行ってくるわ」と声を張ると、「はぁい、気ぃ付けてね」と祖母の声が返ってきた。遅れて祖父の「おおう」という無意味な返事が響く。

野崎が「一時過ぎには戻ります」と気の利いたことを言った。

門を抜けて歩いていると、

「ちょっとちょっと」

と呼び止める声がした。祖母だった。黒いジャージに着替え、サンバイザーを手にしている。出かけるのだろうか。

祖母は困ったような表情を浮かべていた。小股《こまた》で僕たちに近寄ると、

「あんたらひょっとして、などらきさんとこ行くんちゃうやろね」

「まさか」僕は嘘を吐いた。

「さっき部屋で話しとったやんか」祖母は半笑いで言った。「雄二とも何回か行ってんて？　えらい気合い入れて話しとったから、聞こえてもうたわ」

「いや……」

僕は答えに窮した。筒抜けだったらしい。古い日本家屋とはいえ、ここまで壁が薄いとは思っていなかった。必死で言い訳を探していると、

「行きます」

野崎があっさりと認めた。

「おい、お前――」

「どうしても確かめたいことがあるんです。新之助くんのために必要といいますか」

「そうなん？」祖母が訝《いぶか》しげに野崎を見つめる。

「あと、前々から言い伝えとかにはすごく興味があって、将来はそういう本を書きたいなって思ってるんです。出版業か文筆業か、あと学者か」

「へえ、立派やなあ」

祖母が感嘆の声を上げた。頬が弛《ゆる》んでいる。野崎が将来について口にするのは初めてで、僕は少しばかり驚いていた。確かに向いているかもしれない、と納得もしてしまう。好機と言わんばかりに野崎が口を開いた。

「だから許可していただけませんか」

「でも危ないは危ないやろ」

「人生設計の一環です」

「うーん……」

祖母はしばらく考え込んでいたが、やがて「よし」と声を上げて、

「心配やから付いていくわ。カズくんの希望は叶《かな》えたいしな」

と、サンバイザーを被《かぶ》った。

野崎は一瞬だけ戸惑いの表情を浮かべたが、すぐに満面に笑みを作ると、「ありがとうございます」とお辞儀をした。

祖母は健脚だった。山道を上っても息一つ切らさない。舗装されていない道を足取りも軽やかに進んでいる。一方で僕は早くもアキレス腱《けん》に痛みを覚えていた。

下り坂に差し掛かったところで、僕はふと思い当たって、野崎に話しかけた。

「雄二って物知りやってんな。人魚のミイラのこととか、やけに詳しかったし」

「特にマニアックではないけどな」

野崎は前を向いたまま答える。

「などらきが病気って話も、合ってるんやろ」

「合ってるというか、素直に考えたらそうなる」

「大学もええとこらしいしなあ」

祖母が口を挟んだ。雄二が通うのは関西学院大学——関西圏でも名門の部類に入る私大だった。

嫌な従兄《いとこ》だったが聡明《そうめい》ではあったのだ。今さらのように感心していると、野崎が半分だけ振り向き、

「あれはぜんぶ前フリや」

と言った。

意味が分からなかった。返す言葉も思いつかない。戸惑っていると、

「化けもんなんかおらん、全部偽もんや——そう言うとったやつが『やっぱりおるんや』って言い出したらどう思う？　化けもんに怯《おび》えてたらどう感じる？」

「ええと、信じてまうんちゃうかな」僕はとりあえず答えた。

「こいつが言うくらいやからほんまかもって……えっ」

そこで言葉に詰まる。

野崎の発言が引き金になって、頭に洞窟《どうくつ》での雄二の姿が浮かんでいた。

重要な話が始まっている。〝真相〟が明かされようとしている。

野崎が「そうや」と小さくうなずいた。

「お前になどらきを信じさせて怖がらせるために、雄二は芝居しとったんや。最初は懐疑主義者っぽいこと散々言うて、次は化けもんにビビッてみせる。狙ったとおり、お前は真に受けた。そんで怖がった。パニックになって大人の前で泣きじゃくって、まともに質問に答えられへんくらいにな」

「……ちょ、ちょっと待ってくれ」

僕は掻《か》き乱された思考と感情を何とか落ち着かせて、

「雄二の芝居？　全部あいつの仕業ってこと？」

「おお。お前を長いこと怖がらせて、陰で笑うための作戦や。しょうもないけどアホの中学生やったら有り得るやろ。ミイラの首が持ち去られたかのように見せかける、それに自分がまず怖がってみせて、お前を――」

「いやいや、おかしいって」

僕は口を挟むと、早足で野崎と並んだ。

「見せかけるってお前、首はどないして取ってん？　あんな高いとこにあるん絶対無理や。石段は狭いし曲がりくねってるから、梯子《はしご》や脚立も持ち込まれへん。野崎も見て来たやろ」

「ああ。確かに人間には不可能やな」

前言を翻す返答に更に混乱してしまう。

祖母がにこにこして僕たち二人を眺めていた。話を聞いているのではなく、僕と野崎が真剣に話し合う姿を楽しんでいる。そんな風に見えた。

「訳分からんぞ」

「分かるように説明したるわ。そのために受験勉強の合間を縫って、ここまで来たってんからな」

野崎は恩着せがましく言うと、顎《あご》で前方を指し示した。洞窟で言う、だから黙って進めということだろう。はやる気持ちを抑えながら僕は獣道を進んだ。

茂みを抜け、かつて池だった空き地に出る。あれ以来雨が降っても再び水が溜《た》まることはなく、乾き切った地面にはところどころ雑草が生えている。

この先は斜面だ。祖母が下りるのは難しい。手を繋《つな》いで慎重に下りるか、それとも別のルートを探すか。考えながら空き地を歩いていると、野崎が急に立ち止まった。

「寺西に教えてもらわんかったら、ここに池があったなんて分からんかったやろな」

周囲を見回す。たしかに池の痕跡《こんせき》はほとんどない。「せやな」と同意すると、

「小二の時やったっけ？　ここに池ができたん。首が消えた年の二年前やんな」

「うん」

「池があった時期――二年かそこら、寺西はここでヤゴとか観察してたんやろ」

「そうや。お盆に山を探検したり虫捕ったりする流れでな。洞窟は怖くてよう行かんか

ったけど……」

「だからここが池やったって知ってるんやな」

「それがどないしたん？」

もどかしさを覚えて僕は訊《き》いた。当たり前のことを確認するだけで、話の方向が見えない。野崎は刺すような視線を僕に投げかける。

「雄二はその間、ここ来てへんねやろ。夏期講習か勉強合宿か知らんけど。せやのに何でここに池があったって知ってんねん。暑くて干上がったって推測できんねん。『晴れの日が続いたからな』ってそういう意味やろ」

言葉が記憶を掻き回した。当たり前だと受け流していた自分が、今更になって愚かしく思える。そうだ。雄二の発言はたしかにおかしい。

「ってことは、つまり……雄二は池を見たってことか。まだ池がある時にここに来た」

「そうや。お前は教えてへんやろ」

「もちろん。親とか祖父《じい》ちゃん祖母《ばあ》ちゃんには言うたけど」

「せやったね」と祖母がうなずく。

「カズくん、わたしが雄二に教えたことはないと思うよ。記憶にございません」

軽くおどけた調子で証言する彼女に、野崎が「どうもすみません」と晴れやかな笑顔を見せた。僕はしばらく考えて、

「じゃあ、勉強してた二年の間に、こっそり来とったんか？　何のために……」

「いや。それは違う」

野崎は首を振った。

「晴れの日が続いたせいってのが嘘なんや。雄二はあの年にここで池を見た。水がなくなる過程も見た。理由も知ってる。でもお前に事実を伝えるわけにはいかんかった」

「何で？」

質問に答えず野崎は再び歩き出した。僕と祖母は黙って後に続く。

「こっから先の話は検証不可能や。危険やからな」

「危険？」

「死ぬかもしれん。さすがに試すわけにはいかん。雄二が泥蹴《け》ってたんはこの辺か？」

「へ？　ああ——もうちょっと向こうやった。その辺り」

僕が指差した方に野崎は大股《おおまた》で向かう。

「普通に考えたら雄二の行動は変や。話聞いてる限り陰険なヤツやけど、ヤンチャではない。好き好んで靴どろどろにしたがる人間とは思えん」

「まあ、そうやな」

漠然と記憶していた出来事。その不自然さを再び指摘され、今度は少しばかり惨めな気持ちになった。

野崎は爪先《つまさき》で地面を何度か蹴ると、

「雄二は亀裂を泥で隠したんや。寺西にはそれが泥を蹴ってるように見えた」

「え？」

亀裂。何の話だ。黙っていると、彼は説明を始めた。

「今はもう分からんけど、その年のちょうどその頃、この辺にでかい亀裂ができたんや。おそらくは溜まった水の重みで自然にな。水は一気に亀裂に吸い込まれて、池には巨大な渦ができた――雄二はお前の家族が帰省する二日前、ここに来てそれを目撃した。眺めているうちにあることが気になった」

「あること？」

野崎は少し間を空けて、

「大量の水がこの下の洞窟に流れ込んでるんちゃうかってな」

と言った。

「えらいこっちゃ」と祖母が目を丸くした。野崎は微笑しながら、

「雄二もそう思ったでしょうね。手っ取り早く確かめるにはどうしたらええか。簡単なことです。斜面に開いてる穴を見たらええ」

池だった地面を走り抜け、斜面を覗《のぞ》き込んだ。

「こんな風に。或《ある》いは下りてって穴のすぐ側まで行ったかもしれん」

と、勢いよく駆け下りる。明らかに夢中になっているのが分かった。祖母が眉根《まゆね》を寄せていた。僕が見ていることに気付いて、困ったような笑みを浮かべる。

「やっぱりよう分からんなあ。穴って何やの」

たまに口を挟むことはあっても、話の本筋は把握していないらしい。そして洞窟の細かい形は知らないようだ。僕は適当に答えて歩き出した。

鼓動が激しくなっていた。野崎の言葉が頭の中で映像になっている。渦を巻く池、それを呆気《あっけ》に取られて眺めている雄二。

洞窟が気になって、すぐさま走り出す。いま野崎がいる位置に向かう。

そして――

野崎が穴のすぐ側に立っていた。こちらを見上げながら、大きな声で言う。

「雄二は水が流れ出てるんを見てた。かなりの勢いやったと思うわ。そしたら――さすがにもう分かったやろ――穴の中からなどらきの首が出てきた。洞窟の広場に水が溜まって、浮力で石筍から抜けてこの穴まで流されたんや」

僕は呆然《ぼうぜん》と野崎を見下ろしていた。先ほど彼が言っていた「人間には不可能」の真意を知って驚いてもいた。

野崎がゆっくりと斜面をよじ上って、こちらに近付いていた。

「雄二は首を拾った。そこでお前を怖がらせることを思い付いた」

上りながら説明を続ける。

「洞窟《どうくつ》行きを予告して、二日も溜めたんは何でか。間を空けてお前をビビらすためとちゃう。洞窟から水が抜けるんを待ってたんや。外出してたんはそれを確かめるためやな。

洞窟行きの前日の午前中と、当日お前を誘う直前」

祖母が心配そうに野崎を見ている。

斜面を上りきると、野崎は手の土を払いながら、

「下りてって穴覗いてみるか？」

と訊いた。僕が答える前に質問を重ねる。

「小四のお前は断った。せやな」

「うん」僕は答えた。事実あの日あの時は拒否した。雄二に馬鹿にされると分かっていても、どうしても覗くことができなかった。

「雄二には分かってたんや。お前が穴から中を見ることはないって踏んどった。せやから際どい嘘も堂々と吐けた──『こっからでも見えるわ』ってな。大胆で周到なうえに効率的や。そこは正直感心するわ」

野崎はふう、と息を吐いた。祖母がぽかんとした顔で彼を見つめている。

こっからでも見えるわ、意外と髪ふさふさや、こっち向いたらおもろい──

そう口にすることで、雄二は「たったの十二、三分で首が消えた」という不可解な状況をでっち上げ、僕に信じ込ませた。空間的な制約「絶対に取れない場所から消えた」だけでは飽き足らず、時間的な制約まで付け加えたわけだ。僕が穴を覗けるわけがない、そう確信して。

大胆で周到なうえに効率的とは、つまりそういうことだ。

少しずつ彼の言葉を飲み込みながらも、僕は違和感を拭《ぬぐ》えないでいた。疑問がますます膨らんでいた。「お茶持ってきたらよかったねえ」と祖母が言い、野崎が「自分もすっかり忘れてました」と答える。

「……浮くんか？」

僕は訊いた。「な、な、などらきの首が水に浮かんかったら、今までの話まったく成立せえへんぞ。猿の頭蓋骨《ずがいこつ》やろうとその他のやろうと、骨は沈むはずやで。せやったらあの首も普通に考えて――」

「浮くよ」

野崎はきっぱりと答えた。

「本人が言うてた。実際に穴から流れ出てきたし、相当軽いねんて」

「え？」

「先週、雄二に問い合わせてん。Eメールって分かるか？　パソコンとか携帯電話で使う手紙。それに〝などらきの首について教えてください。お持ちのはずです〟って、推理も全部書いて送りつけた。そしたら一昨日《おととい》に返事が来てな」

「いや、どうやってアドレス調べたん？　っていうか雄二ドメイン持ってるん？　僕も知らんで」

「本人の個人サイト。大学のパソコンの授業で作った、プロフィールと雑記が載ってるだけの全然おもんないやつや。そこに大学から貰《もら》ったアドレスが貼られててな。親父のパソコンで調べたら分かった」

　要するに、と野崎は僕に向き直り、

「真犯人の告白も俺はとっくに聞いてたんや。今までの話は推理とちゃう。事実や」

と言った。

「いいめえる、っていうんがあるんや。へえ。カズくんは物知りやなあ」

　祖母がまた感心していた。

　僕は脱力して動けなくなっていた。

　化け物の仕業だと信じていたこと、恐れていたことが、自然現象と偶然と中学生の企《たくら》みによるものだと分かって放心していた。気付かなかった自分の馬鹿さ加減が可笑《おか》しくなっていたし、気付いた野崎の鋭さに敬意を覚えてもいた。

「すごいな、あの、何てお礼言うたらええか……」

「まだ終わってへんぞ」

　野崎が冷静に返す。

「これから仕上げや。お祖母《ばあ》ちゃん、もうちょっとだけお付き合いください。遠回りになるけど、洞窟行きます」

「ええよ、ここまで来たら最後まで付いてくわ」

　祖母は歯抜けの口で笑った。

ひんやりとした空気が肌を撫《な》でる。鼻を突くのは金属質のにおい。

秋だからと言っていいのか、ここは既に寒い。でも少しも嫌な気持ちはしなかった。むしろその寒さを心地よく感じさえした。

狭かった石段は成長したせいで更に狭い。後ろで「うわあ」「怖いわあ」と小さく叫ぶ祖母の歩調に合わせているせいで、なかなか先に進めない。それでも閉塞《へいそく》感を覚えることはなく、苛立《いらだ》つこともなかった。

そして広場に着いた時は圧倒された。

高い天井。穴から差し込む日の光。照らされた石筍《せきじゅん》。

全て清浄で荘厳だ。それに美しい。自然が長い時間をかけて作った形状と色彩に見蕩《みと》れてしまう。水の滴る音さえ気持ちよく感じる。

「凄《すご》いな……」

僕は無意識に呟《つぶや》いていた。

「やろ。俺も今朝来た時、三十分くらい見てもうたわ」

懐中電灯を持った野崎が気恥ずかしそうに答える。祖母は無言で石筍を見上げていた。言葉を失っているのだろう。

「怖くない。何で怖がってたんか意味分からん」

はは、と僕の口から小さな笑い声が漏れた。

野崎が足元に光を向け、濡《ぬ》れた岩を照らした。

「調べたけど水溜《みずたま》りは一切なかった。濡れてはいるけどな。お前が入った時は水が引いてすぐやったから、あちこち水が溜《た》まってたんや」

そうか、と生返事しながら、僕は暗闇にうっすら浮かび上がる野崎の顔を見つめていた。

「僕はアホやな、こんな絶景を怖がって」

「怖がること自体は別にアホちゃうよ」

野崎がすぐさま答えた。

「アホなんは怖がりすぎて、ちゃんと物が見えなくなることや。正しく認識できなくなって、間違った行動に出てまうことや。霊はいる化けもんはいる、そんなん信じてビビッてたら、見るべきもんを見過ごしてまう」

彼の一言一言が染み入るように頭と胸に届く。

「そんなん勿体《もったい》無いやろ？」

「……せやな」

僕はそれだけ返した。湧き上がる感情と思考を、どう言葉にしていいか分からない。

「あともう一つ」

野崎が言った。記憶を探るように顔をしかめ、こめかみに指を当てる。

「雄二から伝言預かってる。『新之助くんへ。ごめんなさい。あの頃の自分は本当にガキでした。許してもらえるとはおもっていませんが、一度会ってくれませんか。面と向かって謝りたいです』……言うとくけど俺が仕向けたんちゃうぞ。本人が自発的にメールに書いてきたんや」

本気でお前に詫《わ》びたいんやろ、と指を下ろす。

僕は信じられない思いで彼の言葉を聞いていた。反響さえも聞き逃すまいと耳を澄ましていた。

心にずっと溜まっていたもの、くすぶっていたものが薄まっていく。などらきだけではなく、雄二に抱き続けていた恐れすらも消えていく。嫌な従兄《いとこ》、意地悪で怖い親戚《しんせき》でしかなかった彼と、今は会ってみようと思えている。

「これで全部や」

野崎が言って、ふううと大袈裟《おおげさ》に息を吐いた。パチパチと祖母の拍手が鳴り響く。

「ごくろうさん、よう分からんけど」と、祖母がねぎらいの言葉をかける。

「ありがとう、野崎」

考える前に僕は礼を言っていた。

野崎は「受験勉強の息抜きに丁度よかったわ」と白々しいことを言って、僕から視線を逸《そ》らした。わざとらしく足音を鳴らして歩き回る。吹き出しそうになるのを堪《こら》えていると、彼は再び話し始めた。

「雄二は今も首持ってるって。返すこともできんし捨てるんも落ち着かんからって、ずっと手元に置いてるそうや。今は下宿先の押入れに仕舞ってるらしい」

「そうかあ」

「下宿ってどこやったっけ？」祖母が軽い口調で訊《き》く。

「甲東園《こうとうえん》です。どうかされましたか」

「いや、ふと気になってな。ごめんごめん、年寄りはあかんわあ、すぐ割り込んでまうんよ」と、乾いた笑い声を上げる。

「残念なんは名前の由来やなあ。調べても全然分からんかった」

遠くで野崎が溜息《ためいき》を吐いた。懐中電灯であちこちを照らしながら、

「吉備国に〝温羅《うら》〟って名前の鬼がおった。そんな伝承がある。温羅は朝廷から派遣された吉備津彦命《きびつひこのみこと》って人に、首を斬られて退治される——そっからまだ話は続くねんけど一旦《いったん》置いとこう。大事なんは話が似てることと、吉備国いうたら今の岡山、隣の県やってこと。影響関係があるかもしれん。名前もウラとナドラで微妙に……」

「ナドラって名前の鬼やからなどらき？」

「……やっぱり無理あるよなあ」

「まあな」

僕は同意を示す。あれほど恐れていた洞窟《どうくつ》の中で、どうということもない会話ができている。そのことが意外で同時に嬉《うれ》しい。

野崎は「ほんまに何なんやろ」と天井に向けて言った。

「それなあ」

祖母の声がした。広場の隅で、背の高さほどの石筍を撫でている。この距離からでは暗く潰《つぶ》れ、動きだけしか見えない。

「あらへんのよ」

「え？」

「昔の人間が、名前なんか無いやろ言うとってん。そんで書いとってん」

遠くで野崎が驚いたのが、気配で分かった。

祖母が石筍に寄りかかるのが見えた。

「そは人ならざるものにして皆仔細《しさい》を識《し》らず、今は名も無きものなり――それがいつの間にか、などらきになってもうてん。人間はすぐ死ぬから、最初に言うてたことも忘れられてまうんよ。本物と作りもんの違いも分からんようになるんよ。おもろいなあ。この町の名前とよう似てるわ」

武妙町のことだ。名も無き村――無名村に由来する町名。

「それ、調べたんですか？　それとも言い伝えか何かで？」

野崎の足音がこちらに近付いてくる。かざした懐中電灯の光が顔を直撃し、僕はとっさに目を閉じてのけぞった。八年前――雄二と来た時と同じだ。記憶が蘇《よみがえ》る。

「すまん」

野崎に肩を摑《つか》まれて、転びそうになるのを何とか防いだ。

体勢を立て直し、光の差すほうに目を凝らすと――

祖母がいなくなっていた。

石筍の側から忽然《こつぜん》と姿を消していた。

「あれ、お祖母ちゃん？」

僕より先に野崎が呼びかけた。すぐに駆け出す。呼吸が乱れている――焦っているのが音で分かった。

不安が胸の中に広がり枝葉を伸ばしていた。腹の奥が浮き、嫌な汗が背中を伝う。

「お祖母ちゃん、どこ行ったん？」

僕は叫んだ。声は反響して耳に刺さる。鼓膜を、頭の中を引っ掻《か》き回す。

あちこちを駆け回る野崎の足音が、ひどく不快に思えた。

清浄な空気は完全に消え失《う》せ、重々しくじっとりと身体に纏《まつ》わり付いている。

「――おい寺西」

野崎が呼ぶ声がした。石段の近くで手招きしている。急いで駆け寄ると、彼は懐中電灯を足元に向けた。

光の中に浮かび上がったのは、潰れた西瓜提灯《すいかちょうちん》だった。

刳《く》り貫《ぬ》いた目鼻と口がこちらを向いていた。

ひしゃげて平たくなった赤い和蠟燭《ろうそく》が、三日月型の口から飛び出していた。

洞窟を隅々まで捜したが祖母は見つからず、池だった空き地にも山道にもいなかった。

途方に暮れて家に戻った頃には夕方になっていた。オレンジ色の西日が青い瓦屋根《かわら》を照らしている。僕も野崎も疲れ果てていたが、神経は張り詰めて今にも叫び出しそうなほどだった。

玄関をガラガラと開けた瞬間、

「あら、おかえり」

ムームーを着た祖母が振り返った。両手にスーパーの袋を提げている。

「え……」

僕の口から嗄《か》れた声が漏れ出ていた。

野崎が我に返って「持ちます」と素早く袋を摑む。

「カズくんおおきに。助かるわあ」

祖母は輝かんばかりの笑みを浮かべた。サンダルを脱ぎながら、

「間に合《お》うてよかったわ。夕飯の材料うっかり買い忘れとって、こらあかんわ思て大慌てで万代《まんだい》行ってきてん」

最寄のスーパーのことだ。今のこの状況は現実で、夢を見ているわけではないらしい。

車庫の方から祖父が現れ、「おお」と手を挙げた。ポケットからキーホルダーが覗《のぞ》いている。

「ほれ見ぃ、ギリギリやったやんけ。せやから早《は》よ帰ろ言うたんや」

土間に入るなり彼は祖母に言った。呆《あき》れているが怒ってはいない口調。祖母が何か反

論しているが、僕の耳には全く届かない。

「あのう」

野崎が口を挟んだ。

「そんなに長いこと、スーパーにいらっしゃったんですか」

真剣な表情で訊《たず》ねる。

「昼間ずっとや」答えたのは祖父だった。「スミダさんとこのマサコちゃんと偶然会《お》うて、そっから話し込んで……昨日会うたばっかりやぞ」

「ええやんかもう」

祖母は廊下に上がり、「お腹空《す》いたやろ、ご飯もうちょい待っててな」と、台所に向かった。祖父がぶつぶつ言いながら続く。

「どないなってんねん……」

二人の背中を見つめながら、野崎が呆然《ぼうぜん》とつぶやいた。

「おおい、西瓜提灯無《の》うなってるぞ」と、祖父の間延びした声がした。

雄二が死んだと聞いたのは、半月後のことだった。

下宿先のアパートで、炬燵《こたつ》に突っ伏したまま冷たくなっているのを、アルバイト先の先輩が発見したという。死んでから一週間が経っていた。はっきりした死因は分からないが病気らしい。

ただ——全身に真っ赤な発疹《ほっしん》ができていたそうだ。

顔や手足はもちろん、耳や頭皮に至るまで。

青ざめた顔の母親からそんな話を聞いたけれど、この目で確かめることはできなかった。大事な模試と重なったため、通夜にも告別式にも出られなかったのだ。

野崎と一緒に雄二のアパートに向かったのは、彼が死んだ翌月の土曜日のことだった。

ワンルームの狭い部屋。やつれ果てた伯父と伯母、親しかった友人二人とともに、黙々と遺品を整理する。ベッドの周りは友人たちが「ここは自分たちが」と率先して片付けていて、僕と野崎は衣類と寝具を、伯父伯母はそれ以外をそれぞれ担当していた。

野崎が頃合を見計らって、さりげなく押入れを開いた。布団と衣装ケースを次々と引っ張り出す。段ボール箱は全て中身を改める。

一番奥から、くしゃくしゃになった大きな茶色い紙袋が見つかった。何かが入っている様子はないが、念のため袋の口を開いて覗き込む。

中には木屑《きくず》のようなもの、灰色の髪の毛のようなものが入っていた。嗅《か》いだことのあるにおいが鼻を突く。

あの洞窟のにおいだった。粉っぽいような水っぽいような、金属質のにおい。

傍らの野崎の顔が、唇まで真っ青になっていた。

「……取り戻しに来た、ってことか」

低い声で囁《ささや》く。

「俺のせいなんか。俺が調子に乗って何から何まで、筋道立てて教えてもうたから。こ、この家のことまで……」

見開かれた目は苦悩と後悔、そして恐怖で怪しく輝いている。「どうかしたん？」と伯母が訊《き》いた。

僕は必死で野崎に言う言葉を探していた。捻《ひね》り出そうとしていた。

い、いなどらきなんかおらん。

化けもんなんかおるわけがない。

西瓜提灯を顔の代わりにして人間に化ける、そんな化けもんがおってたまるか。

怖がるな。正しい認識ができなくなる。事実を見誤る。

これにはきっと現実的な理由がある。

スーパーにおるはずのお祖母《ばあ》ちゃんが、その時間ずっと自分たちと一緒におったけど。

雄二は全身ぶつぶつだらけになって死んでもうたけど。

この袋は洞窟《どうくつ》のにおいがするけど。

ちょうどあの首が収まりそうな大きささやけど――

絶対に説明が付くはずや。

「新之助くん、どしたん？　しんどいん？」

伯母の張り詰めた声が背後からした。

僕はそこでようやく、自分が震えていることに気付いた。

ゴカイノカイ　「文芸カドカワ」二〇一八年九月号
学校は死の匂い　「小説　野性時代」二〇一八年八月号
居酒屋脳髄談義　「幽」vol.26
悲鳴　「文芸カドカワ」二〇一八年三月号
ファインダーの向こうに　『ずうのめ人形』電子書籍特典
などらきの首　書き下ろし

など らきの首《くび》

澤村伊智《さわむらいち》

角川ホラー文庫　21246

平成30年10月25日　初版発行

発行者——郡司 聡
発　行——株式会社KADOKAWA
〒102-8177　東京都千代田区富士見2-13-3
電話 0570-002-301（ナビダイヤル）
印刷所——旭印刷株式会社
製本所——本間製本株式会社
装幀者——田島照久

KADOKAWA　カスタマーサポート
［電話］0570-002-301（土日祝日を除く11時～17時）
［WEB］https://www.kadokawa.co.jp/（「お問い合わせ」へお進みください）
※製造不良品につきましては上記窓口にて承ります。
※記述・収録内容を超えるご質問にはお答えできない場合があります。
※サポートは日本国内に限らせていただきます。

ISBN978-4-04-107322-3　C0193

角川文庫発刊に際して

角　川　源　義

第二次世界大戦の敗北は、軍事力の敗北であった以上に、私たちの若い文化力の敗退であった。私たちの文化が戦争に対して如何に無力であり、単なるあだ花に過ぎなかったかを、私たちは身を以て体験し痛感した。西洋近代文化の摂取にとって、明治以後八十年の歳月は決して短かすぎたとは言えない。にもかかわらず、近代文化の伝統を確立し、自由な批判と柔軟な良識に富む文化層として自らを形成することに私たちは失敗して来た。そしてこれは、各層への文化の普及滲透を任務とする出版人の責任でもあった。

一九四五年以来、私たちは再び振出しに戻り、第一歩から踏み出すことを余儀なくされた。これは大きな不幸ではあるが、反面、これまでの混沌・未熟・歪曲の中にあった我が国の文化に秩序と確たる基礎を齎らすためには絶好の機会でもある。角川書店は、このような祖国の文化的危機にあたり、微力をも顧みず再建の礎石たるべき抱負と決意とをもって出発したが、ここに創立以来の念願を果すべく角川文庫を発刊する。これまで刊行されたあらゆる全集叢書文庫類の長所と短所とを検討し、古今東西の不朽の典籍を、良心的編集のもとに、廉価に、そして書架にふさわしい美本として、多くのひとびとに提供しようとする。しかし私たちは徒らに百科全書的な知識のジレッタントを作ることを目的とせず、あくまで祖国の文化に秩序と再建への道を示し、この文庫を角川書店の栄ある事業として、今後永久に継続発展せしめ、学芸と教養との殿堂として大成せんことを期したい。多くの読書子の愛情ある忠言と支持とによって、この希望と抱負とを完遂せしめられんことを願う。

一九四九年五月三日

ぼぎわんが、来る

澤村伊智

空前絶後のノンストップ・ホラー！

“あれ”が来たら、絶対に答えたり、入れたりしてはいかん——。幸せな新婚生活を送る田原秀樹の会社に、とある来訪者があった。それ以降、秀樹の周囲で起こる部下の原因不明の怪我や不気味な電話などの怪異。一連の事象は亡き祖父が恐れた“ぼぎわん”という化け物の仕業なのか。愛する家族を守るため、秀樹は比嘉真琴という女性霊能者を頼るが……!?　全選考委員が大絶賛！　第22回日本ホラー小説大賞〈大賞〉受賞作。

角川ホラー文庫

ISBN 978-4-04-106429-0